KB272160

여보세요, 맞춤법 때문에 전화했습니다

여보세요, 맞춤법 때문에 전화했습니다

국립국어원
상담실 연구원의
365일 노동기

이현영 지음

나는 교정공이다. 책이 인쇄되기 전 교정·교열·윤문을 보는 것이 내 일이다. 가끔 동종업계 친구들과 국립국어원 욕을 한다. 한국어는 왜 이 모양 이 꼴이지? 국립국어원은 도대체 뭘 하고 있는 거지? 그럼에도 출근해서 가장 먼저 하는 일은 컴퓨터에 국립국어원 표준국어대사전 창을 띄워 놓는 것이다. 그러다 어느 날은 국립국어원 사이트가 먹통이 되기도 한다. 접속 폭주? 한국어 월드에 무슨 일이 일어난 거지? 힘내 국립국어원! 나와 같은 이들에게 국립국어원은 최후의 보루이자 최전선의 망루다. 가시처럼 알쏭달쏭한 한 글자 한 칸 앞에서 혼자만의 힘으로는 도저히 답을 구할 수 없을 때, 우리는 마지막으로 국립국어원의 온라인가나다 게시판을 찾는 수밖에 없다. 그곳에서는 매일매일 새로운 대격돌이 펼쳐지는 중이다. 이게 맞나요? 저게 맞나요? 잘못하면 멍하니 구경하며 시간을 보내게 되니 조심해야 한다. 뭐가 옳고 그른지 반드시 결론을 내야만 하는 사람들의, 애환과 열정과 광기가 뒤섞여 일렁이고 있다. 영원히 반복되는 똑같은 물음들, 규범의 빈틈을 파고드는 절묘한 지적들, 언문의 신기원을 꿈꾸는 뇌 내 연구들… 그곳의 가장 경이로운 신비는 그 모든 질문에 무조건 답변을 해 주는 누군가가 있다는 사실이다. 나는 항상 그들이 궁금했다. 대체 어떤 이들일까? 그들을 보호해 줘야 하는 게 아닐까? 마침맞게 도착한 이 책은 선생님이 아니라 일하는 사람의 손으로 쓰였다. 오늘날은 인터넷을 통해 거의 누구나 뭔가를 쓸 수 있는 시대이고, 뭔가를 써서 보이기 전에 누군가의 검사를 맡아야 하는 시대가 아니다. 이런 때에 스스로 서로 정확해지려는 노력은 그 자체로 선생이고 해방이다. 물론 그것은 모두의 것이어야 한다. 어떻게 그런 일이 가능할까? 한국어라는 폭풍 속에서 함께 허우적대는 믿음직한 동료들을 확인해 보자.

유리관_출판노동자, 《교정의 요정》《사명을 찾아서》 저자 우리는 늘 말을 한다. 깨어 있을 때는 물론이고 어떤 때는 꿈속에서도 말을 한다. 조용히 있는 적이 더 많을 것 같다고? 천만에. 입 다물고 조용히 있다고 머릿속도 조용하던가? 그렇지 않다. 온갖 생각이 머릿속을 떠돈다. 그리고 그런 생각 하나하나가 다 말이다. 말이 없으면 생각도 없다. 우리의 삶은 곧 말의 삶이다.

우리의 삶이 서로 어우러져야 하듯이 우리의 말도 서로 어우러져야 한다. 너는 너대로 나는 나대로인 식이면 삶이든 말이든 뒤엉켜서 서로 삐걱댈 뿐 어우러지지 못한다. 여기서 삶들이 어우러지는 방법이 모색되고, 마찬가지로 말들이 어우러지는 방법이 모색된다. 말과 말이 어우러져서 소통의 즐거움과 보람으로 충만한 삶이 되려면 최소한의 약속과 예절이 필요하다. 여기서 말하는 법(화법), 쓰는 법(맞춤법) 등이 나타나게 되고, 우리는 이런 것에 주의를 기울이게 된다.

말하는 법과 쓰는 법의 실상은 어떠한가? 언제 어디서 말하는 법과 쓰는 법의 곤란을 겪게 되는가? 그러한 곤란은 어떻게 넘길 수 있는가? 이런 것이 궁금하다면 이 책을 일독할 것을 권한다. 이 책에 담긴 생생한 현장의 목소리에 귀 기울이다 보면 말하는 법과 쓰는 법에 대한 생각이 한층 고양될 것이다.

이정훈_서강대학교 국어국문학과 교수

# 차례


**추천의 글**　　　　　　　　　　　　　　　　　　　　　　　　4

**들어가며**　　왜 우린 맞춤법 잘 틀리는 사람을 싫어할까　　11

상담 연구원의 하루　　　　　　　　　　　　　　　　　16

말의 탄생　　　　　　　　　　　　　　　　　　　　　22

우리는 AI　　　　　　　　　　　　　　　　　　　　26

식당이나 미용실은 이야기를 나누는 곳인가요?　　　34

대화와 토론의 장　　　　　　　　　　　　　　　　　38

아밀레이스와 아밀라아제　　　　　　　　　　　　　47

이 시험 문제, 정답이 뭔가요　　　　　　　　　　　52

이렇게 불러도 될까요?　　　　　　　　　　　　　　59

말로 밥 먹고 사는 사람들　　　　　　　　　　　　64

짜장면 먹을까요? 자장면 먹을까요?　　　　　　　67

킹크랩의 '시가'는 얼마인가요?　　　　　　　　　71

미워도 '다시 한번'　　　　　　　　　　　　　　　76

어머니, 민수를 1시까지 어머니 댁에 데려다 드릴게요　84

정답 강박증　　　　　　　　　　　　　　　　　　　91

갈등이 일이 될 때　　　　　　　　　　　　　　　　99

사전에는 올라 있지 않으나…　　　　　　　　　　106

아버지가방에 들어가신다　　　　　　　　　　　　112

외않되?　　　　　　　　　　　　　　　　　　　　116

너의 목소리가 떨려 · 121

질문자님, 저 화장실 다녀와도 될까요? · 125

아니, 시대가 어떤 시대인데 아직도 '로브스터'냐고요 · 130

'개맛있다'가 상스럽나요 · 134

실수가 낳은 교훈 · 142

'손님'에서 '고객님'까지 · 148

'우리말 365' 이용 시 이것만 지켜 주세요! · 154

장마비면 장마비지, '장맛비'가 뭡니까?
된장 맛 나는 비란 말인가요? · 160

'못해'와 '못 해' · 165

라면을 끓여오거라 · 173

인공지능과 국어 상담 · 178

손으로 읽는 사람들 · 184

글쓰기에 필요한 사소한 기술 · 187

엄마의 사전 · 193

'커피 나오셨습니다' 존칭의 인플레이션 · 198

나는 어떤 '말의 관상'을 가졌나 · 203

'고맙습니다'는 맞고 '감사합니다'는 틀렸나요? · 208

**부록**　우리말365 단골 질문 20가지 · 212

일러두기

글 속에 묘사된 인물과 상황은 경험을 바탕으로 했지만, 인물의 외양과
성별, 상황의 디테일 등은 모두 각색을 거쳤음을 밝힌다.

## 왜 우린 맞춤법 잘 틀리는 사람을 싫어할까

어디선가 이런 글을 본 적이 있다. "썸을 타던 사람이 순식간에 호감에서 비호감으로 바뀌는 순간은 바로 맞춤법을 틀렸을 때다." 그 밑에 달린 댓글들은 거의 만장일치였다. "감기 빨리 낳으세요", "어의가 없어요", "저한테 일해라 절해라 하지 마세요"* 같은 문장들을 목격할 때 느끼는 미묘한 실망감과 당혹스러움이 줄줄이 고백처럼 이어져 있었다. 누군가는 맞춤법을 두고 사람을 평가하는 행위가 과하다고 하지만, 문자를 통해 상대를 처음 만나는 지금과 같은 시대에는 맞춤법이 그 사람의 인장처럼 보일 만도 하다. 글자 몇 개로 고운 인상을 기대하고, 글자 몇 개로 그 인

---

* 올바른 표현은 "감기 빨리 나으세요", "어이가 없어요", "저한테 이래라저래라 하지 마세요"이다.

상이 깨지는 것도 이상한 일만은 아니다.

국어를 다루는 일을 오래 해 와서인지 주변 사람들이 나에게 "혹시나 맞춤법을 틀릴까 봐 겁난다"고 말할 때가 있다. 그럴 때마다 씁쓸하게 웃는다. 솔직히 말해 나는 다른 사람의 사소한 실수에는 크게 개의치 않는다. '아, 틀렸구나' 하고 지나갈 뿐 굳이 정답을 들이밀고 싶은 마음도 없다. 사람이 노래를 잘할 수도, 못할 수도 있듯이 누군가는 맞춤법에 강하고 누군가는 약한 것이다. 그런데 맞춤법 앞에서는 이상하리만큼 많은 사람이 긴장한다. 마치 한국 사회의 구성원 전부가 표준 이상의 맞춤법 구사 자격증을 가지고 있다는 듯이(혹은 응당 가져야 한다는 듯이) 많은 이들이 스스로 일정 수준 이상의 언어능력을 갖추어야 한다는 암묵적 압박을 느낀다.

국립국어원에서 일하는 나는 "선생님은 정말 맞춤법 천재세요"라는 말을 듣곤 한다. 그러나 천재라기에는 여전히 사전을 끼고 산다. 하루 평균 70~80건의 질문에 답하고 다른 사람의 답변까지 검토하는 일을 반복하며 자연스레 사전을 가까이하는 습관이 생겼다. 모든 규정을 머릿속에 다 외워 두기란 사실상 불가능하다. 국어사전의 양은 방대하고, 새로 생기는 단어가 늘어나는 만큼 사전의 세계는 계속 움직이기 때문이다. 내 일은 결국 '빠르고 정확하게 찾아내는 기술'에 가깝다. 정답을 모르기에 더 겸손해지는 직업이다.

그렇다면 왜 사람들은 맞춤법에 이토록 예민할까. 나는 그 이유를 '불안'에서 찾는다. 소셜 네트워크 서비스(SNS) 시대의 소통은 얼굴 없이 글로 먼저 이루어진다. 우리는 상대를 보지 못한 채 상대의 문장을 먼저 본다. 문장이 곧 그 사람이며, 맞춤법은 그 사람의 기본값처럼 느껴진다. 그래서 글자 하나가 삐끗하면 그 삐끗함 너머로 사람 자체가 흐릿해 보인다. 물론 실제로는 전혀 다른 사람일 수 있지만, 글이 먼저 이미지를 만든다.

하지만 이렇게 생각해 보자. 내가 어렸을 적 초등학교를 다니던 시절에는 '맞춤 양복'을 '마춤 양복'으로 쓰고, '얼음 있음'을 '어름 있슴'으로 쓴 표기를 동네에서 흔히 볼 수 있었다. 숱한 오기를 보면서도 아무도 문제 삼지 않았다. 모두가 그 문구가 가리키는 의미만 읽고 지나갔다. 정작 지금은 표기 하나에 민감해지고, 규범을 틀리는 것이 곧바로 교양의 결함으로 받아들여지곤 한다. 어쩌면 소통 방식이 달라지고, 글이 얼굴을 대신하는 시대가 되면서 생긴 변화일 것이다.

나는 오히려 맞춤법에 서툰 사람들을 보면 반갑다. 그들이 있어 우리가 존재한다. 국립국어원의 상담 창구는 누군가의 작은 불안과 호기심 때문에 돌아간다. 중요한 것은 모두가 완벽해야 한다는 강박에서 벗어나는 일이다. 서로의 실수를 조용히 받아들이는 여유가 있어도 좋다. 규범은 소통을 돕기 위한 도구일 뿐, 누군가를 평가하거나 줄 세우기 위한 잣대가 아니기 때문이다. 맞춤법을 잘 지키는 일은 물론 중요하다. 그러나 맞춤법을 이유로 마음이 멀어지거나 소통이 단절되는 일이 일어나지는 않았으면 좋겠다. 글자가 곧 사람이 될 필요는 없다. 글 너머에 있는 마음을 조금만 더 믿어 준다면, 맞춤법은 서로를 가르는 선이 아니라 이어 주는 다리가 될 것이다.

마지막으로 독자에게 당부하고 싶은 것이 있다. 이

책에 적힌 글은 국립국어원의 공식적인 입장이 아니다. 10년간 상담 연구원으로 근무한 개인의 경험이며, 지극히 사사로운 기록임을 밝힌다. 또한 이 기록은 그동안 국어 상담을 의뢰해 준 수많은 사람들이 있었기에 세상에 나올 수 있었다는 점도 짚고 싶다. 깊은 통찰과 소중한 경험을 나누어 주신 모든 분께 진심으로 감사드린다. 이 책을 읽은 독자들이 언어 규범에 주눅 들지 않으며 말하고 써 나가기를, 국어를 둘러싼 노동과 생활의 이야기에 공감하고 위로를 얻기를 바란다.

나는 상담 연구원이다. 직함만 보면 내내 연구만 할 것 같지만, 사실은 상담이 주되고 그 상담을 위해 연구가 따라붙는 직업이다. 그래서 나는 스스로 '연구하는 상담원' 혹은 '상담하는 연구원'이라고 부르곤 한다. 아침에 자리에 앉아 컴퓨터를 켜고 '우리말365' 창을 열면, 어제 처리한 카카오톡 채팅방 목록이 줄지어 나타난다. 새 질문은 아직 없는데도 화면이 꽉 찬다. 곧 떠오를 붉은색 알림 하나가 오늘 하루의 출발 신호다. 그 작은 동그라미는 '어서 일하라'는 재촉처럼 보이기도 하고, '준비되셨습니까?' 하고 묻는 경고등처럼 느껴지기도 한다.

카카오톡 메신저를 통해 국어 상담 서비스를 제공하는 '우리말365'는 한 시간 단위로 네 명씩 조를 편성한다. 한 조로 편성된 상담 연구원 네 명이 1번부터

4번까지 번호를 부여받는다. 여기에는 간단하지만 비밀스러운 규칙이 있다. 1번은 질문이 올라오는 즉시 처리해야 하는 가장 바쁜 역할이고, 2번은 질문이 세 개 이상 쌓이면 답변에 나서고, 3번은 다섯 개 이상, 4번은 일곱 개 이상일 때부터 움직인다. 4번 순서를 부여받으면 비교적 숨 돌릴 틈이 있지만, 상황은 늘 예측을 비껴간다. '이번에는 좀 한가할까?' 싶으면, 어느새 질문이 줄줄이 등장해 대기 중인 사람들의 눈을 반짝이게 한다.

"'로서'와 '로써'는 어떻게 구분하나요?"

이런 질문이 오면 나는 잠시 숨을 고른다. 익숙한 질문일수록 더 조심하게 된다. 머릿속에서 짧게 답변의 구조를 정리하고, 간결하면서도 '놓치는 부분이 없는' 문장을 작성할 때까지 몇 초 정도 시간이 흐른다. 한 사람당 하루 평균 60~100건 정도의 질문을 처리하게 되는데, 그러다 보면 언뜻 같은 질문인 것처럼 보여도 질문마다 표현 방식과 의도가 다르다는 걸 알게 된다. 질문의 의도가 파악되면 그에 맞추어 답변 방향도 달라진다. 겉보기에 유사한 질문이라도 늘 새로운 마음으로 답하게 되는 이유다. 채팅 상담이 끝나면 곧바로 전화 상담이 이어진다. 헤드셋을 쓰고 인사를 건넨다.

"안녕하십니까. 국립국어원입니다."

전화 너머의 질문자는 목소리 한 줄로 많은 정보를 전한다. 조심스럽게 말을 건네는 분이면 '국립국어원에 오늘 처음 전화하신 분이겠구나' 짐작하게 되고, 뒤편으로 어수선한 교내 방송 소리가 들리면 '선생님이시구나' 하며 어떻게 답변을 해야 할지 자연스레 맥락이 잡힌다.

"'돼지고기미나리찜'은 띄어쓰기를 어떻게 해야 하나요?"

단도직입적인 질문의 출처는 방송 자막 작업 중인 분들인 경우가 많다. 그분들은 언제나 시간이 없다. 최대한 빠른 확인이 요구되는 순간이다. 나는 정확한 답변을 전해 드리기 전에 그 표현이 방송 자막에 쓰일 표현인지, 교재에 쓰일 표현인지 가벼운 확인을 덧붙인다. 사용처와 맥락을 파악해야 정확한 답변을 드릴 수 있기 때문이다.

통화가 끝나면 상담 내용을 기록한다. 상담 내용을 기록하는 것은 업무의 부속이 아니라 데이터를 만드는 일이고, 이 데이터는 다음 상담자가 참고할 수 있는 중요한 자료가 된다. 질문자가 어떤 내용을 물었고, 이에 대해 무엇을 어떻게 안내했는지 간명하고 정확하게 남겨야 한다. 때때로 기록을 적다 보면 문득 아쉬움이 생긴다. '아, 질문자께 이 내용을 더 알려 드렸어야 했나?' 그런 마음이 가시지 않아 퇴근 전 조심스레 다시 전화해 추가 안내를 드린 적도 있다. 그러면 대부분 고맙다고 말씀해 주신다.

점심시간이 되면 우리는 구내식당으로 모인다. 식사를 마치면 근린공원으로 산책을 가기도 한다. 벚나무가 늘어선 길을 따라 걷다 보면 한강이 시원하게 보이고, 방화대교가 듬직하게 서 있다. 김포와 일산까지 아득하게 이어지는 풍경을 보고 있으면, 이곳이 서울의 서북쪽 끝자락이라는 사실이 실감 난다. 산책길에서는 자연스레 서로의 상담 이야기가 화제로 오른다. 상담한 내용을 서로 나누다 보면 가벼운 토론이 열리기도 한다. 일 얘기 대신 각자의 일상이나 회사 이야기를 할 때면 "맞아, 맞아!" 공감하며 웃음을 터뜨린다. 이 작은 웃음이 오후를 지탱해 주는 힘이 된다.

하지만 이 여유도 잠시, 12시 40분쯤이 되면 우리는 약속이라도 한 듯 돌아갈 채비를 한다. 오후 1시 정각에는 모두가 다시 제자리에 앉아 상담을 할 준비를 마쳐야 하기 때문이다. 이 시간 감각은 때로 엄격해 보이지만, 우리는 그 리듬에 완전히 길들여져 있다. 어느 날 휴일에 가족들과 시간을 보내던 중, 12시 59분에 맞춰 놓은 평일 알람이 울렸다. 순간적으로 '복귀해야 한다'는 생각이 들어 자리에서 벌떡 일어날 뻔했고, 그 사실에 나 자신도 놀라 멍해졌다. 59분의 알람은 양칫물을 뱉다가도, 정수기에서 물을 뜨고 있다가도 무조건 내 자리로 당장 달려가게 만드는 조건반사 장치였기 때문이다.

그러나 이 정확함이 나쁘지만은 않다. 일상의 균형을 잡아 주는 리듬이 되기 때문이다. 언젠가 우리는 서로를 '칸트의 후예'라고 부르며 웃은 적이 있다. 정확한 시각에 맞춰 움직이고 정확성을 요하는 일을 하는, 약속을 칼같이 지키는 사람들. 농담으로 한 말이었지만, 우리의 하루를 설명하는 데 그만큼 적확한 표현도 드물 것이다.

질문과 답변을 오가는 이 일은 단조로워 보이지만, 그 단조로움 속에 크고 작은 변화가 있다. 시시각각 새로운 말이 등장하고, 익숙한 말이 다시 질문으로 돌아온다. 안다고 생각했던 것을 새롭게 보게 하는 뜻밖의 질문을 받을 때면 우리가 다시 배우기도 한다. 정확성과 유연함 사이에서 상담 연구원으로서의 하루가 흘러간다.

신조어에 영단어가 섞인 경우, 그 의미를 알려면 영단어의 원어까지 알아야 할 때가 많다. 이런 용어에 대해 질문하시는 분들은 보통 탐구심이 있는 나이가 지긋한 어르신들인데, 뉴스나 신문에서 새로운 단어를 보시고는 전화로 무슨 뜻인지 물어 오시곤 한다.

나는 이제까지 내가 젊은 축에 속해 있다고 생각했다. 아무래도 10대 때 '짱'이니 하는 신조어들이 등장했고, 이런 유행어를 만들고 확산하던 세대로서 유행에 뒤처진 적 없는 유행어 감각을 지녔다고 생각했었다. 그런데 이제는 새로 생기는 신조어를 따라가기가 급급하다. 얼마 전 식사하는 자리에서 만난 다른 과 연구관님이 이렇게 물었다. "선생님들, 혹시 '긁'이라는 말 알아요?" 20대 아들을 두신 연구관님은 새로 생겨난 말에 밝았다. 그게 무슨 뜻이냐며 귀가 좋굿해서 듣고는 무릎을 쳤다. 주로 가까운 친구 사이에서 쓰는 말로, 대화하다가 한쪽의 기분이 상한 것 같은 느낌이 들면 장난스레 "야, 너 긁?"이라고 한다는 것이다. '너 설마 그걸로 마음 상했니?'라는 뜻을 내포하는데, '긁히다'라는 단어를 줄여 쓴 표현이다. 내게 익숙한 이전 세대 신조어로는 '스크래치'나 '마상(마음의 상처)'이 이와 유사한 단어라고 말할 수 있겠다. '긁'이란 표현을 곱씹을수록 참신함에 재미가 더해져 참 기발하다는 생각이 들었다. '긁히다'라는 말은 너무 직관적이고 신선한 것 아닌가. 이렇게 새로 태어난 말이 잘 자리를 잡을지 궁금해졌다.

상담 업무 중에 질문자에 의해 처음 듣게 되는 말도 있다. '생세일'이라는 말이 그랬다. 되풀이되는 유사한 질문들 사이에서 처음 마주하는 생소한 단어를 만날 때면 그저 신기할 따름이다.

"부모님의 생신 때 쓸 말인데 '생세일'이라고 해도 되나요?"

이 질문을 받았을 때, 나는 오타가 아닌가 잠깐 의심을 했다가 표준국어대사전에서 '생세일'을 검색해 보고는 의심을 거두었다. '생일'의 동의어로 올라 있는 말이었다. 아니, 이런 기본적인 어휘 중에 아직까지 내가 모르는 단어가 있다는 말인가?

생세-일(生世日): 세상에 태어난 날. 또는 태어난 날을 기념하는 해마다의 그날.

이럴 수가. 생소하지만 무려 사전 등재어였다. 간혹 할머니가 사용하시던 물건을 우연치 않게 창고 속에서 발견하고는 이것은 무엇에 쓰는 것이던가 고민하게 되는 것처럼, 가끔씩은 오래된 생소한 단어들이 내게 말을 건다. 내가 아는 것보다 훨씬 크고 많은 것들을 담고 있던 언어는 깊은 바닷속에서 수백 년을 살아온 커다란 고래 같다. 언어는 그렇게 역사와 생명력을 담고 유유히 우리와 함께 살아가고 있다.

내가 아는 것이 전부가 아님을 때때로 깨닫기에 이 일은 참 묘하다. 질의응답 과정이 나를 가르치고, 그 과정에서 나도 좀 더 전문적인 상담 연구원이 된다. 알고 있는 질문에만 대답하면서 당황할 기회를 잃는다면 발전할 기회를 잃는 것일 수도 있다. 다음에 비슷한 질문을 받게 된다면 이 '생세일'이라는 단어를 기억했다가 답변해 줄 수 있다. 이것이 국어 상담을 하면서 얻게 되는 묘미인 것 같다. 오늘의 낯섦이 다음에 있을 질문에 대한 답변의 초석이 된다는 것 말이다. 그렇기에 당황스러움 앞에서 해야 할 일은 새로 알게 된 것을 마음속에 잘 새겨 두는 일이다.

"휴대폰 묵음 모드라는 표현이 맞는 건가요, 무음 모드라는 표현이 맞는 건가요?"

오늘도 사람들은 왜 이 말이 맞고 저 말이 틀리는지 채팅창 속 우리에게 토론을 청한다. 사실, 상담원 입장에서는 질문자와 토론을 하기는 어렵다. 간단하고 명백하게 답이 나올 수 있는 사안에 대해서만 짧은 답을 줄 수 있을 뿐이다. 그러나 채팅창 속 사람들은 자신이 생각하는 게 왜 맞으며, 상대방의 생각은 왜 틀렸는지 누가 판단을 해 주길 바라는 것 같다. 그 요청에 해결사가 등장한다.

" '소리가 없음. 또는 소리가 나지 않음'을 뜻하는 '무음'과 어울려 '무음 모드'로 쓰는 것이 적절합니다."

어떻게 보면 이분들에게 우리는 말의 해결사인 것

이다. 사실, 사전의 내용을 확인해 보기만 해도 둘 중 어떤 표현을 써도 되는지 판단하는 데는 무리가 없다. 다만 때론 사전 뜻풀이보다 권위 있는 누군가의 한마디 대답이 더 속 시원할 때가 있는 것이다. 그러나 잘 생각해 보면, 말의 주인은 우리 모두다. 구사하는 사람들 전체가 쓰고, 만들고, 조합해서 사용하라고 언어가 주어졌다. 그런데 왜 우리는 어떤 표현이 맞고 틀리는지 꼭 확인을 받아야 하는 것일까?

국립국어원의 전신인 국립국어연구원은 1991년 1월에 개원하고, 1991년 2월에 전화를 통해 국어 상담 서비스를 제공하는 '가나다전화'를 개설했다. 국립국어원 국어상담실 상담 업무는 무려 35년간 이어져 온 장기 사업인 셈이다. 현재 시점에서는 웹을 통해 국어 상담을 하는 창구인 '온라인가나다'와 '가나다전화', 카카오톡 메신저를 통해 국어 상담 서비스를 제공하는 '우리말365'를 모두 운영하고 있다. 한 해 동안 이 세 창구를 통해 이뤄지는 상담 건수는 20만 건에 육박한다. 그만큼 정말 많은 유사한 질문들이 반복되지만, 근래 들어 특히 자주 받는 질문이 있다.

"이거 에이아이(AI)인가요?"

'우리말365' 채팅창에서 적어도 하루에 한 번은 보게 되는 질문이다. 내가 그 질문을 받지 않은 날에도 다른 상담 연구원의 질의와 답변을 검토하다 마주하게 된다. 무심히 넘기기도 하는 질문이지만, 때로는 이상한 기분이 든다. 그렇게 오해를 받을 수 있다는 건, 앞으로 우리 업무가 AI로 대체될 수 있다는 가능성을 내포하는 것은 아닐까? 우리의 맞춤법 답변이 기계가 답해도 될 만큼 도식이 단순하고 일정한 틀이 분명하게 있다는 뜻일까? 그게 아니라면 AI로 의심될 만큼 빠르고 체계적인 답변을 제공하고 있다는 뜻으로 받아들여야 할까?

같은 내용의 질문을 받더라도 상담원들의 답변이 매번 같을 순 없다. 어떤 맥락에서, 무얼 놓고 묻는 질문이냐에 따라 내놓는 답이 달라지기 때문이다. 예를 들면 방송 제작자의 질문에는 군더더기 설명은 되도록 하지 않고 필요한 답변만 빠르게 하는 편이다. 그러나 교재를 만드는 출판사나 학교 현장에서 건네는 질문에는 짧은 답변만 드리지 않고, 부연하는 긴 설명을 덧붙여 이해를 돕는다.*

때론 짧은 시간 안에 전광석화처럼 답을 구성해 적절한 답변을 내어놓기도 하지만, 한순간 문맥을 잘못 파악하거나 다른 사람에게 답해야 할 내용을 잘못 답변하는 경우도 있다. 그럴 때 우리가 할 수 있는 말은 '죄송하다'이다.

이보다 더 어처구니없는 실수를 할 때도 있다. 이를테면 '고맙습니다'를 의도했으나 '고맙스빈다'로 전해지는 경우가 그렇다. 애먼 손가락을 탓할 수도 없는 노릇이다. 이런 날엔 속으로 '아이고'를 외치며 넋이 나간 듯 모니터를 바라본다. 그러다 어느 날엔가 한

---

* 학교에서는 '문법 용어(형태소, 어절, 파생어, 합성어, 문장 성분 등)'를 곁들여 질문하는 경우가 많고, 방송국에서는 빠른 어조로 "띄어쓰기 몇 가지 물어볼 건데요"라며 서두를 떼는 경우가 많다. 출판 쪽에서는 주로 특정한 표현이 어떤 문장 속에서 쓰이기 적절한지 묻는 경우가 많은데, 해당 표현이 들어 있는 문장 두세 줄을 예로 들거나, 글의 맥락을 구체적으로 설명하며 질문하는 경우가 상당수이다. 이러한 질문 유형에 따라 우리는 질문자의 직업을 유추하며 답변 방향을 설정한다. 물론 추측이 항상 정확한 것은 아니다. 그간의 데이터로 미루어 보아 대체로 이런 유형적 특징이 있다는 것을 설명한 내용이다.

질문자께서 이런 글이 캡처되어 인터넷 바다에 떠돌고 있다고 알려 준 적이 있다.

"혹시 국립국어원의 '고맙스빈다.jpg'를 아시나요?"

이런 물음과 함께 사진 파일이 도착했다. 누군가 국립국어원에 문의를 하고 답변을 받는 과정에서 국어원이 '고맙스빈다'로 말을 끝맺은 것을 캡처한 이미지였다. 이미지의 제목은 '국립국어원의 오타.jpg'였다. 그런 실수를 다시는 하지 말아야 할 테지만 이런 인간적인 모습이 사람들은 좋았나 보다. 이건 AI가 아니라 사람이라서 할 수 있는 실수이기에 그 자체로 재미있고 가치 있게 여기는 것 같았다.

요즘엔 서비스 센터, 고객 센터 등에서 사람이 직접 전화를 받는 대신 채팅 봇이 문의를 어느 정도 해결해 주는 일이 꽤 많다. 얼마 전에 어떤 물건을 사고 나서 그게 불량품인 것을 알게 되었다. 그래서 고객 센터에 문의해 보려고 했더니 전화 상담보다는 채팅 상담 채널이 더 원활하므로 채팅으로 문의해 보라는 안내 메시지를 받았다. 그래서 SNS 채팅창을 통해 문의를 시작하게 되었다.

채팅창을 열자, 이름과 전화번호를 입력하라는 메시지가 가장 먼저 떴다. 그 메시지대로 실행했지만 내가 직접 질문할 수 있는 기회는 없었다. 엔터 자판을 누를 때마다 선택지형 질문 보기가 마련되어 있었다. 그 순간 내가 대화하고 있는 상대가 알고리듬이라는 걸 깨달았다. 원하는 질문을 하기까지 알고리듬으로 구성된 간략화한 질문이 채팅창에서 수차례 이어졌다. 차갑게 느껴지는 벽에 대고는 어떤 불평도 소용이 없었다. 그저 상대가 원하는 답을 골라야 했다. 그래야 다음 단계로 진행되었기 때문이다. 이 단계를 모두 거친 뒤 "상담원과 연결되었습니다. 대화를 시작합니다"라는 메시지를 만났을 때의 반가움이란 이루 말할 수 없었다. 영화 〈인터스텔라〉 속의 한 장면이 떠오를 정도였다. 우주 한가운데서 35년간 홀로 동면하며 시간을 보낸 인물이 마침내 타인을 만나는 순간 눈물을 터뜨리는 장면 말이다. 나 역시 전화기 너머로 상담원과 마주하자 알고리듬의 벽에 가로막혀 느꼈던 '소통의 허기'가 단번에 해소되는 듯 반가운 마음이 일었다. 내 말에 응답하는 '사람'이란 존재가 어찌나 반갑던지 나는 당장에라도 'ㅋㅋ'나 'ㅎㅎ' 또는 웃는 얼굴 이모티콘 등을 보내 마음을 표현하고 싶었다. 나의 정서를 무심하게 지나치는 알고리듬의 여러 단계를 거치면서 나는 기술의 고마움을 체감하기보다는 빨리 이 단계를 넘어갔으면 하고 생각할 뿐이었다. 이런 갈증의 경험은 나만의 것은 아닐 것이다. 어쩌면 국립국어원의 '고맙스빈다'라는 오타에 사람들이 비난 대신 환호를 보냈던 이유도 이와 비슷할지 모른다. 간략하고 정확한 소통만 하던 매체가 사소하고 인간적인 실수를 하자 채팅창 너머에 '나와 같은 사람'이 있었음을 비로소 확인하게 되지 않았을까. 종종 기술의 고마움보다 더 간절한 건 결국 '내 이야기가 닿을 수 있는 누군가'가 저편에 있다는 확신이다.

내 경험상 이러한 체감은 서비스 제공자 쪽에서도 마찬가지다. 모니터 너머의 질문들을 그저 처리해야 할 데이터로 여기며 건조한 답변을 이어 갈 땐, 정말이지 내가 한 대의 기계 같다는 생각이 들 때도 있다. 그러다가도 저편의 질문자가 나와 같은 사람임을 깨닫게 되는 순간이 찾아온다.

"좋은 하루 보내세요."

"비 오는데 퇴근 조심히 하세요."

답변을 종료한 이후 질문자들이 이런 인사말을 보낼 때가 있다. 그러면 답변하는 기계와 다름없던 내 의식이 현실 세계로 다시 넘어온다. 그 따뜻한 안부 인사를 보며 호들갑스럽게 인사를 건네지 못하는 것은 이곳이 공적 상담 창구이기 때문이다. 마음 같아서는 반가운 마음을 담은 장문의 인사말을 나도 전하고 싶다. 그러나 오늘도 여느 때처럼 "고맙습니다"라는 짧은 인사말만을 보낸다.

## 식당이나 미용실은 이야기를
## 나누는 곳인가요?

상담을 하며 여러 사람들과 짧은 대화를 나누게 된다. 그 많은 사람들 중에 때론 그렇게 느껴지는 분들도 있다. 오늘은 몇 년 전에 전화를 통해 만난 분이 기억난다.

"여보세요. 물어보고 싶은 것이 있어 전화했는데요. 식당이나 미용실은 이야기를 나누는 곳인가요?"

'국어에 관한 질문이 아닌데 이런 질문에도 답을 해 주어야 할까' 하는 고민이 먼저 스쳤지만, 곧이어 이 사람이 궁금해하는 것을 해소해 주고 전화를 마무리하는 것이 좋겠다는 생각이 뒤따랐다.

"식당은 식사를 하는 곳이고 미용실은 머리를 다듬으러 가는 곳이지만, 그곳에서 사람들이 밥을 먹거나 머리를 다듬으며 이야기를 나누기도 합니다."

이렇게 답을 주고 통화를 마무리했다. 그런데 다음 날 또 전화가 울렸다.

"여보세요. 저 궁금한 게 있어서 전화했는데요. 담뱃불을 빌려 달라고 하는 것은 인간관계의 시작이 아닌가요?"

어떻게 답을 해 드려야 하나 고민하며 답을 주저하게 되었다. 이곳에서 받은 여러 질문 중 손꼽히게 어려운 질문이었다. 국어상담실에서 답할 만한 것이 아니라 심리 상담사에게 문의해야 할 것이라 봐도 무방했다.

그날 이후 하루도 거르는 날 없이 그분에게 전화가 왔다. 늘 질문의 양이 많은 편이었는데, 요지는 매번 '어떻게 말하는 게 인간관계에서 의미 있는 것인지'였다. 평소에 궁금한 것을 모아 두었다 한꺼번에 질문을 하는 것 같았다. 그러다 어느 날 문득, 이분의 질문을 통해 내가 무언가를 배우고 있다는 사실을 발견했다. 사람 사이에서 오고 가는 사소한 행동과 몸짓, 간단한 말들이 모두 의미를 지어 낸다. 그 하나하나의 의미를 매번 적절하게 해석하는 우리들은 얼마나 섬세한 것일까. 이를 의식하게 되자, 그분이 건네는 질문 옆에 서서 나의 사소한 언어와 몸짓을 돌아보게도 되었다. 이분이 나의 철학자였다.

하루가 멀다 하고 전화해서 우리에게 인간관계의 실마리를 탐구하듯 물어 오던 그분의 연락은 어느 날부터인가 멈췄다. 하루, 이틀, 사흘이 지나고 열흘을 넘어 한 달쯤 되었을 때였다. 누군가가 그분의 안부를 궁금해하기도 했다. 그렇게 1년 정도 흘렀을까. 어느 날 오후 조용한 사무실에 전화가 걸려 왔다.

"여보세요. 저 궁금한 게 있어 전화했는데요. 누가 '너 집에 안 가?'라고 하면 그게 무슨 말이에요?"

역시나 관계를 묻는 질문이었다. 오랜만의 통화에 별일은 없으셨는지 안부가 궁금했다. 하지만, 우리는 안부를 물을 수는 없는 입장이다. 이후 그분은 더 이상 예전처럼 매일같이 전화하진 않았다. 그저 어쩌다 만난 소나기 같은 상황에 쉴 곳을 찾아든 종달새처럼 드문드문 1년에 한 번꼴로 전화를 했다.

내가 어릴 적에는 이웃 간에 각별하고 서로 왕래도 많았다. 어쩌면 나는 이분이 어릴 적 오며 가며 한 번씩 마주쳤을 법한 우리 동네 순박한 이웃과 같이 느껴져 반가운 건지도 모른다. 혼자 살아가는 사람들이 점점 늘어나고, 나의 이웃이 누구인지 모르고 살아가는 시대에 사람 사이의 사소한 행동과 몸짓, 스쳐 가는 말의 의미를 다시 새기는 일에 대해 생각해 본다.

"이건 그렇게 볼 수 없어요. 어떻게 장음으로 발음을 한다는 말인가요?"

연구관님의 시원한 외침이 연찬회 공간을 가득 채웠다. 회의가 시작되면 사람들은 자신이 알고 있는 지식을 총동원해 자기 의견이 맞다고 사람들에게 호소한다. 연찬회란 1년에 분기별로 한 번 이상 상담 연구원들이 모여 논의가 필요한 사안을 가져와 하는 회의를 말한다. 사무실에서 함께 근무하는 가나다전화, 우리말365 선생님들 외에도 온라인가나다 팀 선생님들과 사전 팀 선생님들까지 모이는 자리라 반갑기도 하고 살짝 긴장이 되기도 한다.

"2024년 제3회 연찬회를 시작하겠습니다. 지난 회의 안건 결정 사항부터 알려 드리겠습니다."

지난해에 열린 연찬회에서는 '닭 다리 살'의 띄어

쓰기를 두고 논의했었는데, 그때도 뜨거운 논쟁이 벌어졌었다. '등심살', '갈빗살'처럼 부위명을 나타내는 말은 보통 한 단어로 알고 있는 경우가 대부분이다. 그런데 '닭의 다리'를 일컫는 표현은 '닭 다리살'로 띄어 쓰고 있었고, 이에 혼란을 느끼는 질문자들이 관련 질문을 많이 남기게 되면서 부위명의 띄어쓰기를 전반적으로 통일할지 말지에 대한 논쟁이 벌어진 것이다. '등심살', '갈빗살'을 고려하면 '다리살/다릿살'처럼 부위명을 모두 붙여 쓰는 것이 좋을 것이다. 과연 이러한 취지에 따라 '닭 다리살'이나 '닭 다릿살'로 쓰자는 의견이 있던 반면, 사전에 올라 있지 않은 '○○ 살'을 모두 붙여 쓸 수는 없으니 사전 등재 여부에 따라 띄어쓰기 유무를 결정하자는 의견도 등장했다. 논의 끝에 결국 후자로 결정하게 되었다. 모든 부위명을 붙여 쓰는 것으로 통일할 경우, 붙여 씀의 이유를 맞춤법이나 사전을 근거로 설명하기 어렵다는 이유에서였다. 사전에 한 단어로 올라 있는 단어는 붙여 쓰고, 한 단어로 굳어지지 않은 경우는 각각의 단어로 보고 띄어 쓰기로 하는 것이 언어 사용자들이 더 받아들이기 쉬울 것이라고 판단했다.

이번 2024년의 연찬회는 내가 안건을 준비하는 자리였다. 우리 상담 연구원들은 자신이 평소 상담을 하면서 고민한 내용을 연찬회 주제로 가져온다. 내가 안건으로 가져온 주제는 '길이'와 함께 쓰는 '늘이다'와 '늘리다'란 서술어에 관한 내용이었다. 그간 '비행 거리를 늘리다'와 '비행 거리를 늘이다' 중에서 무엇이 맞는 표현인지에 대한 질문이 들어오면, '늘이다/늘리다'에 대한 연구원의 인식과 판단에 따라 답변 방향이 엇갈리곤 했다. 이를 생각에 담아 두었다가, 이번 회의에서 동료 연구원들 앞에 내놓은 것이다. 발표자가 안건을 내놓으면, 연찬회에서는 그 안건을 놓고 회의를 거쳐 그 자리에서 결론을 내는 편이다. 이러한 간명한 결론이 상담 현장에서 답변을 하는 우리 상담 연구원들에게 꽤 도움이 된다. 그렇다면 쟁점이 되는 안건은 어떻게 결론에 다다를까?

대개 어떤 안건이든지 다수의 언어 직관에 따라 자연스러운지 아닌지를 가장 먼저 고려한다. 그 뒤에 사전에서의 관점이나 언어생활의 편의성 등을 고려하여 안건의 처리 방안을 결정한다. 물론 '상담원 연찬회'에서만 이런 고려를 하는 것은 아니다. 어문 규범과 관련된 중요한 사항은 국어기본법에도 명시되어 있는 '국어심의회'나 국립국어원 회의 기구인 '국어규범정비위원회'에서도 논의된다. 또한 사전과 관련된 내용은 수많은 검토를 거친 후 '국어사전정보보완심의위원회'에서 최종적으로 논의되어 결정되기도 한다. 결국 국어원에서는 매일같이 국어 관련 토론이 진행되고 있다고 해도 과언이 아니다. 굵직굵직한 많은 회의들 가운데 상담원 연찬회는 사소한 것일 수도 있지만, 앞으로의 답변 방향을 결정하고 안건에 대한 여러 사람들의 의견 차이를 이해하는 데 있어서 연찬회로부터 상당한 도움을 얻는다. 그러나 연찬회에서 결정되고 나서도 답변 방향이 매끄럽게 정리되지 않거나 결론의 근거가 논리적으로 설명되지 않을 때는 재안건으로 올리고 다시 모여 머리를 싸매기도 한다.

다시, 이날의 안건 '늘이다'와 '늘리다'로 돌아와 보자. 떨리는 마음을 숨기고 최대한 숨을 고르며 안건을 발표했다.

"오늘 주제는 '비거리를 늘이다'로 써야 할지 '비거리를 늘리다'로 써야 할지에 대한 안건입니다. 늘이다/늘리다에 관해 그동안 견해차로 답변 방향이 일치하지 않아 논의 주제로 가져왔습니다."

연찬회 이전에도 의견 대립이 팽팽한 사안이었다. 기존의 답변 방향을 고수하는 '늘이다' 쪽의 근거는 이러했다. '늘리다'란 어휘는 보편적으로 '면적'이나 '범위'와 주로 사용하는데, '거리'라는 개념은 면적이나 범위로 볼 수 없기에(그 근거로 거리에는 넓이나 부피를 이르는 단위 대신 미터, 킬로미터 등의 단위를 쓴다) '늘이다'로 표현해야 한다는 것이다. '거리'는 '두 개의 물건이나 장소 따위가 공간적으로 떨어진 길이'를 뜻하고, '길이'는 보통 '늘이다'와 잘 호응하기 때문이다.

반면, '늘리다' 쪽의 주장은 이러했다. 보통 '늘이다'란 표현은 고무줄이나 실처럼 원래의 형태가 변하면서 길이가 길어질 때 쓴다. 그런데 '거리'는 본디 있는 것을 잡아당기거나 덧붙여 늘어나는 것이 아니라, 이동한 양이나 범위가 커지는 개념이기 때문에 '늘이다'보다는 '늘리다'로 쓰는 것이 더 자연스럽다는 것이다. '늘리다'를 사전에서 확인하면 '수량이나 부피, 기간'과 주로 함께 사용된다는 것을 알 수 있다. 즉, 비행 거리나 이동 거리 역시 범위나 수치가 늘어난 것으로 인식되기에 어떤 사람들은 거리가 늘어나는 상황에서 '늘이다' 대신 '늘리다'란 서술어를 써 왔다는 것이다.

회의가 시작되었다. 참석자들이 미간을 모으고 발제문을 눈으로 따라 읽으며 함께 고민하고 있다. 저마다 '비행 거리를 늘려 가며 주행 연습을 해야 한다', '비거리를 늘리다', '사거리를 늘리다'와 같은 예시 문장을 가득 떠올린다. 내 머릿속에는 '고무줄을 늘이다'란 문장도 떠오른다. '고무줄을 늘이다'는 자연스러운데, '거리를 늘이다'는 왜 부자연스러울까? 내가 낸 안건은 이 의문에서 출발한 것이었다.

"사전 뜻풀이에 따르면 '길이'는 '늘이다'와 호응합니다. 그래서 '거리'에 대해서도 '길이'로 보고

‘늘이다’로 표현하는 게 맞지 않을까 합니다.”

연구관님이 말씀하셨다.

“사전 뜻풀이 내용은 간략한 개요일 뿐, 이를 근거로 어휘 자체의 의미를 제한하는 것은 적절하지 않죠.”

누군가가 다른 의견을 낸다. 이 말을 듣자 생각에 잠긴다. ‘뜻풀이에 국한해 의미를 제한’하는 것이야말로 내가 가장 경계해야 할 태도가 아닌가 싶다. ‘거리를 늘이다’란 표현이 잘못된 것 같다고 파악한 건 뜻풀이가 아니라 그 표현을 어색하게 느끼는 직관에 근거한 것이었다.

사전 뜻풀이에 근거하여 ‘길이’는 ‘늘이다’와 어울린다고 답변하는 게 맞는다고 생각했을 수 있다. 그러나 사전적 뜻풀이만 가지고 판단하다 보면 우리가 평소 직관적으로 쓰는 의미를 놓쳐 답변이 엉뚱한 방향을 가리키게 되기도 한다. 그럴 때 ‘이 표현은 이상해. 왜 이상하지?’ 하는 질문을 따라가다 보면 그 직관의 근거를 발견하게 된다. ‘거리를 늘리다’란 표현을 사용하는 사람들은 ‘거리’를 ‘길이’라는 2차원적 개념이 아니라 3차원의 ‘공간적 범위’로 인식하는 것이다. 즉 이들에게 거리란, 점과 점 사이를 잡아당겨 길게 만든 것이 아니라, 면과 면 사이의 공간을 확장하여 여백을 만드는 것이랄까. 사람의 직관이라는 게 딱히 근거가 없는 듯해 보여도 어떤 표현을 이상하고 어색하게 느낄 때는 그렇게 생각하게 된 분명한 근거가 있다는 걸 나중에라도 발견하게 된다. 나는 이러한 언어 직관이 신비롭다. 지금껏 보고, 듣고, 써 온 말들, 즉 우리가 실제로 사용하는 언어적 데이터가 만든 언어 지도가 그 직관의 근거가 된다.

긴 논의 끝에 '거리를 늘이다'와 '거리를 늘리다' 중에서 '거리를 늘리다'가 맞는 것으로 결론을 냈다. 회의를 거쳐 결론이 잘 매듭지어진 것이 좋기도 했지만, 그보다 놀라웠던 건 대부분의 사람들이 같은 언어 직관을 공유하고 있다는 점이었다.

참 신기했다. 언어는 곧 세상의 이치를 비추는 거울인 것만 같다. 사람들의 머릿속에서 작동하는 문법과 어휘에 대한 훌륭한 식별 능력이 그저 경이로울 따름이다. 스스로는 그 하나하나의 근거를 인식하지 못하고 자연스럽게 언어를 구사하지만, 개개인에게 잠재된 언어 구조는 거대하고 정교한 성과 같다는 느낌을 받는다. 이렇게 말하면 '사람들이 많이 쓰는 방향으로 학습이 된 것이지, 개개인이 실제로 그런 언어 구조를 가지고 있다고 볼 수 있겠냐'고 묻는 사람이 있을 것이다. 그러나 그동안의 국어 상담을 통해 깨달은 게 있다면, 자세히 살펴보면 살펴볼수록 사람들의 언어 사용 구조는 당사자도 미처 인지하지 못하는 대단한 짜임새를 갖고 있다는 사실이다.

국립국어원에서 일하다 보면 몇 년에 한 번씩 독특한 절기를 맞이하게 된다. 바로 검정 교과서 어문 교열 시즌이다. 해마다 돌아오는 일은 아니지만, 한 번 시작되면 9월에서 11월까지는 주말이라는 개념이 사라진다. 교과서를 무릎 위에 올려놓고 형광펜을 쥔 채 문장과 씨름하고, 용어와 씨름하고, 가끔은 나 자신과 씨름한다. 그러면서 기쁨도 느낀다. '지금 이 일은 미래의 언어를 손질하는 일이기도 하다'는 뿌듯함 때문일까, 아니면 12월에 받을 교열 수당이 주는 은근한 위안 때문일까. 국립국어원의 일은 늘 무겁지만, 이런 무거움은 나를 조금 더 단단하게 만드는 것 같다.

2022년의 어문 교열 시즌, 나는 중학교 과학 교과서를 교열 도서로 받았다. 생물 단원을 넘기던 중 '아밀레이스'라는 단어가 시야에 걸렸다. '아, 이건 분명

히 침 속의 효소를 말하는 단어인데… 왜 아밀레이스
지?'

　나에게 친숙한 이름은 '아밀라아제'였다. 어렸을
적 그렇게 배웠던 기억이 불을 밝히고 환하니 팻말을
들고 있었다. 용어는 대체로 기억의 표면에 층층이 쌓
이는데, 그 익숙함이 한순간 뒤집히면 마음 한구석에
어색하다는 느낌이 고개를 든다. 그래서 사전을 뒤졌
다. 표준국어대사전에서 '아밀라아제'를 찾으니, 표
준어로 올라 있었다. '녹말을 엿당과 덱스트린, 포도
당으로 분해하는 효소'라는 설명과 함께.

　'그래, 이게 맞지.' 나는 교과서 해당 페이지 끄트
머리에 조심스럽게 수정 표시를 해 두었다. 그런데도
마음속에는 작은 모래알 같은 찜찜함이 굴러다녔다.
'혹시 나만 모르는 새로운 기준이 있는 걸까?' 하는
생각이 꼬리를 물었다. 그래서 '아밀레이스'를 찾으
니, 이 단어도 '아밀라아제'와 동의어로서 표준어로
올라 있는 것이다. 그렇다면 둘 중 어떤 용어를 선택
해야 하는 걸까. 해당 교과서를 제작한 담당자에게 묻
는 게 나을 것 같았다. 출판사 담당자에게 질문하자,

2022년도 개정 교육과정 과학 편수자료*에 따르면 '아밀라아제'를 '아밀레이스'로 표기하는 것이 맞다는 답변이 돌아왔다. 같은 맥락에서 '락타아제'도 '락테이스'로 써야 한다는 것 또한 알게 되었다. 오래된 지도를 들고 길을 찾던 여행자가 갑작스레 최신 지도를 본다면 이런 기분일까…? 방향을 잃는 느낌이었다.

"아, 그렇군요…."

그렇게 대답하면서도 내 마음속에는 아직 설명되지 않은 빈칸들이 남아 있었다. 그 빈칸은 뜻밖에도 유튜브를 보면서 채워졌다. 즐겨 보던 과학 채널에서 출연자 두 명이 이런 대화를 나누고 있었다.

"선생님, '침 속의 효소'를 일컫는 이름을 아세요?"

"아밀라아제죠?"

"그렇게 대답하실 줄 알았어요. 바로 그게 세대 차이래요. 요즘 학생들은 '아밀레이스'라고 해요."

그 말을 듣던 다른 출연자도 머쓱하게 웃었다. 나

<hr>

* 교과용도서(교과서) 편찬·검정에 필요한 용어·표기·표현 등을 통일하기 위해 제정·수정·보완된 기준서를 의미한다.

또한 그 장면을 보고 피식 웃고 말았다. '그래, 과학 용어도 시대가 흐르면 이렇게 달라지는구나.' 국가기술표준원은 2005년에 이미 일본어식·독일어식으로 굳어 쓰이던 과학 용어 400여 개를 국제 기준에 맞게 손질했다. 그중 하나가 바로 '아밀레이스(amylase)'다. 원래 쓰던 '아밀라아제'는 독일어식 표현인데, 일본 교과서를 통해 국내로 들어온 용어였다. 일제강점기의 잔재였던 것이다. 이 사실을 알게 되니, 단어 하나에도 역사가 겹겹이 배어 있다는 사실이 새삼스럽게 다가왔다. 알고 보면 언어가 움직이는 속도는 우리가 느끼는 것보다 빠르다. 다만 그 변화가 조용하고 은근할 뿐이다.

그러다 문득 어린 시절의 기억이 떠올랐다. 어느 날 엄마는 나에게 "와리바시 좀 가져와"라고 말했다. 처음 듣는 말이라 나는 눈을 동그랗게 뜨고 엄마를 바라봤다. 잠시 후 엄마가 가리킨 방향으로 시선을 옮기자, 식탁 한쪽에 나무젓가락이 놓여 있었다. 당시 나는 '와리바시'가 일본어라는 사실을 몰랐다. 그저 '엄마가 쓰는 말이니까 그런가 보다' 하고 자연스럽게 받아들였다. 세상은 그렇게 언어 속에 오래된 시간들을 고요히 숨겨 두곤 한다. 그러다 어느 날 우리는 우연히 그 흔적을 발견하고 그제야 깨닫는다. '아, 이 말에는 내가 살아온 시간보다 오랜 시간이 들어 있었구나.'

'아밀라아제'와 '아밀레이스' 사이에서 당황했던 이유도 그 때문이 아닐까. 내가 알고 있던 과거의 언어가 조용히 옛 자리를 비우고, 언제부턴가 새로운 언어가 그 자리를 대신하고 있었다는 사실 말이다. 말은 늘 변하지만, 우리는 그 변화를 늘 한발 늦게 알아차린다. 그리고 그 늦됨 속에서 성장하고, 갱신한다. 언어는 우리가 살아 있는 동안 계속 태어나고, 고쳐지고, 조용히 사라진다. 이날처럼 역사를 건네주는 단어를 만나면, 언어는 결국 우리가 지나온 시간의 또 다른 얼굴이라는 것을 확인한다.

국립국어원 국어상담실에 전화를 거는 직업군은 공무원, 언론인, 출판인, 법조계 종사자, 교육계 종사자 등 다양하다. 그 다양한 직업군 중에서 유독 자주 전화를 거는 직업군을 꼽자면 학교와 학원의 국어 선생님들이다. 학기 중에는 시험 문제와 관련해 교과서와 평가 문항을 점검하느라 그런지 선생님들의 확인 문의가 늘어난다. 교사들의 성실함과 직업의 무게가 수화기 너머에서도 느껴질 때가 많다. 수화기 너머로 "나는 교사입니다"라고 말하지는 않지만, 그분들의 목소리에는 조심스러움, 책임감 그리고 이왕이면 확실하게 알고 가고 싶다는 절박함이 고스란히 담겨 있어 그 마음이 전해진달까.

"지난번에도 물어봤는데요… '땅을 디디다' 있잖아요. '디뎌'가 맞나요, '딛어'가 맞나요?"

이 질문을 듣는 순간, 대학을 졸업하고 보습 학원에서 중학교 국어를 가르치던 시절이 떠올랐다. 학원에 등록한 학생들은 대부분 학원 근처 중학교 세 곳의 재학생들이었는데, 이 세 학교의 국어 교과서가 모두 달랐다. 학원에서 시험 대비를 하려면 세 권을 동시에 펼쳐 놓고 공부해야 했다. 세 권의 교과서에서 중요한 포인트를 찾고 각 단원을 익히고, 학생들의 예상 질문을 앞질러 고민했다. 그런데 그 시절에 저지른 실수 하나가 아직도 나를 붙잡는다.

"선생님, '곱배기'가 맞다면서요? 시험에선 '곱빼기'가 정답이던데요."

학교 시험을 마치고 학원에 온 중학교 2학년 학생 한 명이 아쉽다는 표정으로 말을 건넸다. 그랬다. 전날 '어문 규정' 단원을 가르치며 분명 '곱배기'가 맞다고 알려 줬던 게 떠올랐다. 사전에서 확인조차 하지 않고 말이다. 평소 머릿속에 박혀 있던 표기가 '곱배기'였기 때문이었다. 뒤늦게 사전을 펼치니, 명백히 '곱빼기'가 표준어였다.* 얼굴이 화끈해졌고, 확인하

* '-빼기'는 몇몇 명사 뒤에 붙어 '그런 특성이 있는 사람이나 물건'

지 않고 잘못 알려 줬다는 사실에 괴로웠다. 그때 다른 학생 한 명이 말했다.

"아냐, 학원 샘 잘못이 아니야. 우리가 학교 수업 때 잘 들었어야지."

의젓한 그 말이 더 아프게 다가왔다. 난감해하는 어린 강사에게 속 깊은 학생이 해 줄 수 있는 최고의 위로였을 것이다. 그 일이 있고 난 뒤 나는 강사 생활에서 두 가지 원칙을 세웠다. 첫째, 사전은 반드시 확인할 것. 둘째, 학생들 앞에 서기 전에 무엇이든 근거 자료를 내 눈으로 직접 확인할 것. 이 원칙은 지금의 상담 업무에도 그대로 이어진다.

그래서일까. 국어원으로 문의를 건네는 선생님들의 초조하고 간절한 목소리를 들으면 그 시절의 내가 떠오를 때가 있다. 학생들 앞에 서는 일, 그 앞에서 정확한 지식을 전달해야 한다는 부담을 알기 때문이다. 선생님들의 조심스러운 목소리, 내용을 거듭 확인하기 위해 또다시 거는 전화에는 강한 책임 의식이 반영

의 뜻을 더하는 접미사이다. 따라서 '곱'에 '-빼기'가 결합하여 '곱빼기'로 써야 맞는 표기가 된다. 관련하여 한글 맞춤법 제54항을 참고할 수 있다.

돼 있다. "제가 알고 있는 게 맞는지, 국어원의 확인이 필요해서요"라는 말 속에 작은 떨림이 있고, 그 떨림은 곧 내 의무가 된다.

"'디디다'의 준말이 '딛다'가 맞지요?"

"네, 그렇습니다."

"그럼 '디디고'도 맞고, '딛고'도 맞나요?"

"네, 그렇습니다."

"'디디어'와 '디뎌'도 둘 다 가능한가요?"

"네, 가능합니다."

여기까지는 막힘이 없다. 그러나 그다음 질문에서는 대답이 달라진다.

"그럼 '딛어'도 되나요?"

나는 마지막 퍼즐 조각을 짚어 준다.

"'딛다'는 모음 어미와는 결합할 수 없습니다. '디뎌'로 표기하는 것이 맞습니다. 표준어 사정 원칙 제16항에 따른 것입니다."

그 순간 전화기 너머에서 짧은 안도의 숨이 느껴진다. 이걸 확인하기 위해 국립국어원 국어상담실에 전화하신 것이겠지. 저편에서 들려오는 "감사합니다"

라는 인사말과 함께 통화는 마무리된다.

하지만 늘 이렇게 순조로운 것만은 아니다. 문법 체계는 하나의 견해로, 완벽히 통일된 것은 아니기 때문이다. 드물지만 어떤 경우에는 교과서에서 채택한 문법적 입장에 따라 설명이 약간씩 다를 수도 있고, 이는 표준국어대사전의 풀이와도 서로 다를 수 있다. 그럴 때 "그럼 국어원이 정해 주세요"라고 하시는 분들도 있다. 그러나 국어원은 어디까지나 규범과 현실을 연결하는 역할을 할 뿐, 학계의 여러 견해 중 특정한 입장을 '정답'으로 지정할 수는 없다. 그럴 때면 '국립국어원'이라는 이름이 잠시 무겁게 느껴지기도 한다. 시험 기간이 되면 긴장은 더 커진다. 학생도, 학부모도 국어상담실의 문을 두드린다.

"'해돋이'는 '해'와 '돋이'로 나누나요, '해돋'과 '이'로 나누나요?"

이 질문은 '해돋이'가 합성어냐 파생어냐를 묻는 질문이다. 합성어와 파생어를 가르는 일은 우리말의 DNA를 분석하는 일이기에 교과 과정에서 중요하게 다룬다. 합성어와 파생어를 구분할 수 있게 되면 하나의 단어가 어떤 뿌리에서 시작됐는지 살필 수 있다. 두 개의 대등한 힘을 가진 덩어리가 만나 결합한 단어인지, 아니면 의미를 가진 덩어리에 접사가 결합하여 원래 단어(어근)에서 성질이 바뀐 단어인지를 알 수 있기 때문이다. 특히 이런 질문은 중등학교 시험 기간이 되면 자주 만나게 된다. 하도 오랫동안 시기별로 유형화된 질문을 반복해 받다 보니, 질문을 건네는 목소리만 들어도 전화한 사람이 학생인지 학부모 또는 교사인지 짐작이 간다. 말끝에 간절함이 담긴 목소리는 내 점수, 우리 아이 점수가 달린 문제라 반드시 정답을 알아야만 한다는 구조 신호처럼 들린다. 그러나 국어원이 반드시 지켜야 하는 원칙이 있다. 시험 문제의 정답은 말해 줄 수 없다는 것이다. 교육의 현장은 교실이고, 정답을 판단할 권한은 출제자인 선생님에게 있다. 그래서 우리는 최대한 정중하게, 그러나 단호하게 안내한다.

"표준국어대사전에서는 '해-돋이'로 분석하고 있습니다. 만약 학교 시험 문제에 해당한다면 교과서를 참고하시기 바랍니다. 그에 대해서는 선생님께 직접 문의해 보시는 것이 가장 정확합니다." 이런 답변에 질문자는 때로 실망하지만, 대부분은 이해한다.

사람들은 흔히 국어원을 '정답을 알려 주는 곳'이라고 생각한다. 그러나 국립국어원 국어상담실의 역할은 한글 맞춤법, 표준어 규정, 외래어 표기법, 표준국어대사전 등의 내용을 기본으로 국어 생활 전반에 관한 궁금증을 해소하고 사람들의 언어생활을 지원하는 것이다. 규정을 근거로 답을 할 수는 있지만 각 상황에 맞는 정답을 일일이 분별해 알려 줄 수는 없다. 그렇더라도 우리는 규범을 지키되 지나치게 경직되지 않게, 설명하되 강요하지 않게, 때로는 한 걸음 물러서며 질문자의 자리에서 그들을 이해하려고 노력한다. 언어는 다양한 사람들의 관계 속에서 말하고 쓰고 읽히며 여러 표현으로 나타난다. 그래서 질문자들의 고민을 들을 때마다 규정을 확인하는 일만큼이나 질문자가 건네 온 문장 속에 숨은 맥락과 상황을 헤아려 가장 적절한 '말의 길'을 함께 찾아 나간다. 함께 하는 고민이 누군가에겐 따뜻한 해답이 될 수 있기를 바라면서 말이다.

## 이렇게 불러도 될까요?

국어상담실에서 일하다 보면, 누군가를 어떻게 부를 것인가에 관한 질문을 자주 받는다. 호칭은 생각보다 훨씬 복잡한 감정의 세계와 연결되어 있어, 사람들을 자주 건드리기 때문이다. 이날의 전화는 특히 기억에 남는다.

"여보세요, 질문이 있는데요. 제가 올해부터 배드민턴을 배우고 있어요. 근데 배드민턴 선생님이 제 이름을 알고 나서 자꾸 '○○ 씨'라고 부르는데… 선생님은 잘해야 서른 정도이고 저는 오십이 넘었어요. 이게 맞는 거예요?"

나는 잠시 말을 고르면서 상황을 머릿속에 그려 보았다. 이름을 불리는 일에는 이상한 민감함이 있다. 상대가 어떤 사람인지, 어떤 맥락에서 부르는지에 따라 편안하게 들리기도 하고, 불편하게 들리기도 한다.

호칭이란 결국 관계의 온도를 측정하는 장치 같은 것이다.

"'○○ 씨'는 잘못된 호칭어라고 할 수는 없을 것 같습니다. 만약 그 호칭이 불편하시다면 배드민턴 선생님과 상의해서 선생님을 '선생님'이나 '회원님'으로 불러 달라고 말씀하시는 편이 좋을 것 같습니다."

조심스럽게 답했으나, 알고 보니 이분의 질문은 단순한 언어적 궁금증이 아니었다.

"그러니까, 나이가 훨씬 많은 저에게 누구 씨 하는 게… 맞느냐는 거예요."

차오르는 감정을 조용히 억누르는 듯한 목소리 앞에서, 나는 잠시 침묵했다. 이름 석 자 뒤에 붙이는 호칭에는 살아온 연륜과 경험, 그리고 보이지 않는 자존심이 스며 있는 걸까. 아마도 질문한 분의 배드민턴 선생님은 가르치는 입장이다 보니 수강생을 편안하고 친밀하게 대하려고 '○○ 씨'라는 표현을 사용한 것 같다. 그런데 듣는 사람에 따라선 아들뻘 되는 선생님에게 '○○ 씨'라고 불리는 게 자신을 친구나 아랫사람처럼 대하는 것 같아 불편함을 느낄 수도 있을 것이다. 호칭을 둘러싼 그런 동상이몽이 관계에 균열을 만들었을 것이라 짐작이 갔다. 그나저나 나는 어쩌다 판관의 위치에 서게 된 걸까. 입이 바싹 말라 갔다. 잠재적 갈등 상황일 수 있었다. 하지만 우리는 정확한 답변을 드리는 게 무엇보다 중요하다.

"네, 선생님. 학원 강사 선생님과 수강생 사이에 정해진 호칭어는 없습니다. 일반적으로 어떻게 써야 맞다고 할 수는 없어서 말씀 주신 호칭이 틀렸다고 할 수는 없을 것 같습니다. 하지만 호칭어는 정해진 말이 따로 있지는 않으니, 서로 가장 편안한 호칭을 정하셔서 쓰시면 되겠습니다."

그러자 상대는 바로 되물었다.

"상담원님은 공무원이세요? 직책이 뭐예요?"

'내 대답이 질문자가 원하던 답은 아니었구나.' 오래된 직업적 감각으로 눈치를 챘다. 이제 다음 질문은 내 이름을 묻는 것일 테다. 예상은 적중했다.

"그럼, 상담원분 성함이 어떻게 되세요?"

이름을 묻는 게 별건가. 하지만 때로는 이름을 묻는 사람의 '의도'가 중요하다. 답변에 만족하지 못하는 상황에서, 질문자가 상담원의 정체를 확인하려는 일은 좋은 흐름은 아니기 때문이다. 이런 상황에서 내 이름을 말하는 일은 가장 숨기고 싶었던 비밀을 들키는 것처럼 가슴을 덜컹 내려앉게 만든다.

"제 이름은 이현영입니다."

답변이 끝난 뒤 통화 기록을 남기면서 한동안 생각했다. 이름은 우리를 지칭하는 가장 개인적인 단위이지만, 때때로 이름을 부르는 일은 누군가에게는 지배와 위계 관계를 드러내는 일이 되기도 하고, 또 어떤 때에는 친밀함을 나타내는 일이 되기도 한다.

무엇이 지배·위계이고 무엇이 친밀함의 표현인지에 대한 기준도 저마다 천차만별이다. 누군가는 이름을 불리는 것만으로도 관계가 지나치게 가까워진다고 느끼고, 누군가는 이름 뒤에 '씨'자를 붙이면 사이가 딱딱해진다고 느끼며, 또 어떤 사람은 '선생님'이라는 호칭을 과하다고 말한다. 우리는 이 복잡한 감정선을 따라가며, 상대가 원하는 것이 무엇인지 조심스럽게 짚어야 한다. 그러나 한 가지 사실은 분명하다.

호칭에는 정답이 없다. 그렇기에 더 어렵고, 오해하기 쉽다.

"이렇게 불러도 될까요?"

이 질문은 사실 언어의 문제가 아니다. 관계의 문제다. 국어상담실에 걸려 오는 수많은 문의를 가만히 들여다보면, 관계를 둘러싼 고민들 속에서 피어난 질문이 많다는 것을 느끼게 된다. 언어 규범은 명확하지만, 인간의 감정은 여전히 규범 바깥에서 흔들린다. 누군가를 어떻게 부르느냐는 문법의 문제가 아니라 관계의 온도, 그 미묘한 결의 문제다.

# 말로 밥 먹고 사는 사람들

오늘도 나는 말과 글로 밥 벌어 먹는 사람들에게 둘러 싸여 있다. 한두 달 전쯤 텔레비전으로 드라마를 시청하는데, 드라마 속 주인공이 상담 업무 중에 답변했던 내용과 아주 정확하게 일치하는 대사를 내뱉고 있었다. 기분이 묘했다. 또 어느 날에는 우리말365로 안내한 답변 내용이 자막을 통해 흘러나오는 걸 보기도 했다. 방송국과 국어원, 우리는 한배를 탄 것일까.

말과 글로 벌어먹고 사는 사람들은 모두 다 말의 규범과 떼려야 뗄 수 없는 관계에 놓여 있다. 국어 사용에 있어 무엇이 옳고 바른지를 알고, 아는 내용을 확신해야 하는 의무가 있는 것이다. 실은 이곳에 문의하는 대부분이 비슷한 부담을 지고 있는 사람들일 것이다. 이처럼 말과 글로 밥을 먹고 살아간다는 건 때로 고상한 일처럼 보여도 겪을수록 조심스럽고 까다롭다.

질문을 하는 상대에게 직업이 무엇인지 직접 물어볼 수는 없지만, 이곳에 자주 문의를 하는 사람들 중 출판 관련 종사자들이 다수 있다는 것을 안다. 국어에 관해 전문가라면 전문가이실 텐데 왜 여기까지 찾아와 질문을 하게 되셨을까. 그래서인지 그들의 질문에는 대개 치열한 고민의 흔적이 묻어난다. 언젠가 한번은 번역가에게서 이러한 질문을 받은 적이 있다.

"'오늘날 그의 사진 탐구는 새로운 의미를 띠게 됐다.' 이 문장에서 '새로운 의미를 띠게 됐다'는 표현이 가능한가요. 아니면 '의미를 지니게 됐다'로 써야 맞나요?"

'새로운 의미를 지닌다'고 해야 말맛이 살지, '새로운 의미를 띤다'고 해야 말맛이 살지 확신이 서지 않으시는 모양이었다. 보통 이런 질문을 받는 경우에는 문법적으로 문제가 되는 부분이 있는지를 먼저 살펴본 뒤, 만약 둘 중 어떤 것을 선택해도 문법적으로나 의미 전달에 문제가 없으면 "둘 다 맞는 표현입니다"라고 답변을 한다. 질문자에게 도움이 되는 답변인지는 알 수 없다. 둘 중 더 자연스러운 표현을 찾는 입장이었다면 도움이 되지 않을 것이고, 옳고 그름을 가리고 싶었다면 어떤 것을 선택해도 틀리진 않는다는 사실에 안도감을 느낄 수도 있다. 사전이 명확한 답을 주지 않아 스스로 선택해야만 하는 순간, 자신의 판단이 맞는 것인지 틀린 것인지 고민해야 하는 순간이 이들에겐 날마다 찾아올 것이다. 창작자와 번역가들의 고통과 씨름을 감히 상상해 볼 수 있을까.

지금 이 책을 쓰면서야 비로소 창작의 고통을 체험하고 있다. 하지만 정답이 없는 미로 속에서 적확한 표현을 찾아 헤매는 그 고독한 시간이 결국 우리말의 품격을 만든다고 믿는다. 역시나 '말로 밥 먹고 사는' 국립국어원은 같은 길 위에서 '말로 밥 먹고 사는' 사람들의 다정한 길동무로 남을 것이다.

## 자장면 먹을까요?

몇 년 전이었다. 점잖은 목소리의 아저씨 한 분이 전화를 걸어 왔다. 정장을 차려입고 있을 것 같은, 바른 생활의 향기가 묻어나는 목소리였다.

"저는 그동안 '자장면'이라는 단어를 써 온 사람입니다. 그런데 뉴스에서 '짜장면'이 표준어가 되었다고 해서요. 왜 이런 결정을 하신 겁니까?"

나는 속으로 고개를 끄덕였다. '짜장면'이 표준어가 아니라고 믿어 온 세대에게 이 변화는 결코 사소하지 않다. 말은 때때로 정체성과 교양의 문제와 닿아 있기 때문이다. 사실 내게도 '자장면'이라는 말은 어딘가 고상하고 정제된 느낌이 있었다. 중화요릿집의 메뉴판에 적힌 '자장면'이라는 글자를 또박또박 발음할 때마다 기품이 느껴진달까. 반면 '짜장면'이라는 말에는 듣기만 해도 눅진하고 짭조름한 간장의 냄

새가 풍기는 듯한 생생함이 있었다. 김이 모락모락 나는 한 끼의 맛이 고스란히 담긴, 보다 서민적이고 살아 있는 단어처럼 느껴진다. 그러나 누군가에겐 다른 사람이 다 '짜장면'이라고 해도 나만은 그 고상한 '자장면'을 지키겠다는 결의가 있을지도 모른다. 그런 그에게 어느 날 세상이 갑자기 '짜장면'도 맞다고 한다면…. 나는 그분의 당혹감이 충분히 이해되었다. 조심스레 설명을 이어 나갔다.

"국립국어원이 '짜장면'이란 단어를 새로 만든 것이 아닙니다. '자장면'이 표준어로 먼저 정해졌습니다. 그런데 실제로 많은 분들이 '자장면'과 함께 '짜장면'을 써 왔습니다. 언중의 사용이 커지면서 '자장면'과 더불어 '짜장면'도 일반화되었고, 그래서 표준어로 인정하게 된 것입니다."

상대편의 신사는 한동안 말이 없었다. 그 침묵 사이로 미세한 무게가 전해졌다. 그리고 차분하게 말씀하셨다.

"아, 그렇군요. 사람들이 실제로 그렇게 쓴다면… 이해해야겠죠."

그 말에는 작은 체념과 안도의 기색이 동시에 스쳤다. 자신이 고수해 온 표현이 틀린 것이 아니라는 사실과 '자장면'을 계속 써도 된다는 사실이 그를 조금은 편안하게 만든 듯했다. 그러나 '짜장면'의 표준어 등재는 사람들 사이에서 오래도록 이야깃거리로 남았다. 사람들은 '짜장면'의 표준어 인정을 반가워했다. 국어 상담 중에 '짜장면도 표준어가 되는 세상이니, 앞으로 어떤 말도 표준어가 될 수 있겠다'는 말씀을 자주 듣게 되었다. 많은 사람들에게 '짜장면'의 인정이 언어가 변화한다는 사실을 상징적으로 드러내는 사건으로 다가오는 듯했다. 이 사소한 단어가 어떻게 이토록 큰 상징이 되었을까? 아마도 그동안 실제 언어 현실에서 '짜장면'이 '자장면'보다 더 힘을 가지고 있었기 때문일 것이다. 식당 메뉴판에도, 학생들의 글에도, 방송 자막에도 이미 '짜장면'이 널리 쓰이고 있었다. 언어는 결국 사람이 쓰는 방향으로 움직이기 마련이다. 국립국어원은 그 움직임을 조심스레 관찰하고, 어느 순간 절차에 맞춰 그것을 '공식화'해 주는 것이다.

얼마 전 동료들과 중국집에서 저녁을 먹을 일이 있었다. 메뉴판을 펼치자 자연스럽게 이런 대화가 오갔다.

"선생님은 자장면 드실래요?"

"전 울면 먹을래요."

"저는 짜장면 곱빼기요."

"어, 나도 짜장면."

그 순간 웃음이 났다. 국립국어원 사람들조차 절반은 '자장면'을 고수하고, 절반은 '짜장면'을 즐긴다. 표준어 등재 결정이 사람들의 취향까지 바꿔 놓지는 못하는 것이다. 언어는 규범 이전에 '삶'이기 때문이다.

나는 '짜장면'을 좋아한다. 검은 소스가 면발에 달라붙는 모습을 연상시키는 그 찰진 느낌이 좋고, 볶은 양파의 단맛 섞인 향이 느껴지는 듯해서 좋다. 하지만 누군가 "자장면 먹을래?" 하고 물을 때면, 그 말에서는 정갈하게 차려진 한 그릇이 떠올라 흐뭇해진다. 그런 '자장면'도 대접받는 것 같아 좋다.

# 킹크랩의 '시가'는 얼마인가요?

우리말 어휘의 절반 이상이 한자어라는 사실은 그다지 새롭지 않다. 실제로 2002년 〈표준국어대사전 연구 분석〉에 따르면 전체 표제어의 57.3퍼센트가 한자어다. 이렇게 큰 비중을 차지하는 탓인지, 많은 사람이 '이 단어가 한자어였던가?' 하고 깜짝 놀랄 때가 있다. '시가(時價)' 역시 그런 말 중 하나다. 특히 발음이 [시까]로 나기 때문에 '싯가'로 잘못 쓰는 경우가 많았다.* 요즘은 시가와 싯가를 헷갈려 하는 빈도가 예전보다 훨씬 줄었지만 말이다.

그런데 어느 날, 정말 간만에 뒤통수가 얼얼해지는 경험을 했다. "킹크랩의 시가를 말할 때, '시가'의 한자는 時價인가요 市價인가요?"라는 질문이 우리말

---

* '곳간, 셋방, 숫자, 찻간, 툇간, 횟수.' 이 여섯 개의 한자어를 제외하고는 한자어에는 사이시옷을 결합하지 않는다.

365에 올라온 것이다. 질문 자체는 간단했다. 나는 평소의 판단대로 답했다.

"시가(時價)가 쓰였습니다."

횟집 메뉴판에 적힌 '시가'는 '정해진 시기의 물건값', 즉 변동되는 가격이라는 의미로 보는 것이 일반적이었기 때문이다. 그런데 답변하자마자 곧바로 재질문이 올라왔다.

"하지만 사전에 시가(市價)는 '시장에서 매매되는 가격'이라고 적혀 있는데, 그 뜻에 의하면 킹크랩 시가(市價)라는 표현도 가능하지 않나요?"

문득 가슴 깊은 곳에서 낯선 파문이 일었다. '혹시 내가 놓친 게 있는 걸까?' 나는 다시 사전들을 펼쳐 보기 시작했다. '時價(시가)'는 말 그대로 시기(時)에 따른 가격, '市價(시가)'는 시장(市)에서 형성되는 가격이란 뜻이다. 표면적으로는 두 용어의 의미가 겹치지 않을 것처럼 보이지만, 현실에서 물건값이란 '때'에 따라 변하기도 하고, '시장의 흐름'에 따라 변하기도 한다. 두 단어를 나누는 기준이 생각보다 섬세해야 한다는 사실을 새삼 느꼈다.

뒤이어 그동안의 국어원 답변 모음을 살펴보니, 같은 질문에 실제로 '시가(市價)'로 답변한 기록이 있었다. 내 관점과 정반대의 답변이었다. "광어 시가를 市價로 보는 것이 적절하다"라니…. 이렇게 판단이 다를 수가 있을까? 표준국어대사전의 뜻풀이만 보고서는 둘 중 무엇이 맞는다고 단정하기 어렵겠다고 생각했다.

나는 국립국어원 자료실로 향했다. 오래된 조선어사전부터 연세한국어사전, 고려대한국어대사전, 우리말큰사전, 그리고 표준국어대사전 초판까지, 찾을 수 있는 모든 사전을 펼쳐 용례를 확인했다. '時價'와 '市價', 그리고 이 두 단어와 연관이 있는 '시세', '시세가' 같은 어휘들을 두루 살펴보았다. 그러나 횟집에서 쓰이는 '광어 시가', '킹크랩 시가' 등을 명확하게 다룬 용례는 어디에도 없었다.

그렇다고 해서 '때 시(時)'만을 정답으로 단정할 근거도 없었다. 사람들은 현실을 바탕으로 언어를 사용하니, 용법이 단일한 방향으로만 흐를 수는 없다. 내가 머릿속으로 그려 온 언어 지도가 점점 희미해지고, 새로운 길이 열리는 것 같았다. 혼란스러웠다.

결국 나는 가장 믿을 만한 사람을 찾아갔다. 표준국어대사전 초판 작업에 참여해 사전의 뼈대를 알고 있는 연구관님에게로 가 상황을 설명했다. 연구관님은 처음에는 "이런 경우에는 時價가 자연스러운 것 같은데…"라고 하셨지만, 잠시 뒤 여러 사전의 뜻풀이를 다시 훑어보시더니 고개를 끄덕이셨다.

"시세가 時價를 뜻한다고 되어 있지만, 정작 '횟집 시가'에 대한 용례는 없어요. 반면 市價에는 '시장의 가격'이라는 뜻풀이가 확실히 남아 있지요. 도매 시장에서 가격이 형성되고, 그것을 식당이 받아 적는다면… 市價라고 보아도 전혀 이상하지 않습니다."

마음속 혼란을 차분히 내려앉히는 말이었다. 내가 찾아온 이유를 알고 있었다는 듯, 연구관님은 덧붙였다. "이제 좀 마음이 편해졌지요?" 나는 한결 가벼운 마음으로 자리에서 일어났다.

자리로 돌아온 뒤에도 '때 시(時)'와 '시장 시(市)' 사이의 미묘한 경계를 곱씹었다. 물건의 가격은 '때'에 따라 변하고, '시장'에 따라 변한다. 장날이 서는 때에만 가격이 형성되는 어느 작은 시골 장터를 떠올렸다. 5일마다 열리는 장터에서 강아지들이 꼬물거리고, 채소 상자들이 햇빛을 머금고 있다. 그곳에서 매겨지는 가격은 분명 '때 시(時)'이면서 동시에 '시장 시(市)'였다. 장터라는 공간, 그리고 장날이라는 시간이 겹쳐 비로소 가격이라는 것이 생긴다. 그렇다면 킹크랩의 '시가'는 무엇일까?

생물이 잡히는 시기와 해류, 판매량에 따라 가격은 변한다. 동시에 도매 시장에서 결정된 가격은 식당의 킹크랩 가격에 반영된다. 즉, 킹크랩의 '시가'는 '때'의 가격과 '시장'의 가격을 동시에 반영한다. 그러니 '킹크랩'의 '시가'를 두고 어느 한쪽의 한자만 옳다고 고집할 필요는 없을 듯하다.

뜻과 뜻 사이의 미묘한 공백, 용법의 흔들림, 사전의 빈틈 속에서 언어는 새로운 길을 만든다. 그리고 우리는 그 길을 따라가며 연구하고 토론하여 이해하고, 다시 기록한다.

우리 국어상담실에는 '연찬회 슈퍼스타'가 있다. 연찬회에서 한 번 등장하고 끝나는 안건이 아닌, 최소 세 번 이상 회의 테이블에 다시 올라오는 일종의 복병 같은 안건을 뜻한다. 언어 규범이라는 것이 늘 정확한 답만 존재하는 세계라면 한 가지 표현을 두고 이렇게까지 오래 고민할 일이 없겠지만, 언어는 늘 살아 있고 사람들의 언어 생활은 규범이 변하는 속도보다 더 빠르게 움직인다. 그래서 우리는 해마다 비슷한 안건을 두고도 다시 한번 생각하고, 다시 한번 결정하고, 이미 결정된 사항조차 '다시 한번' 검토한다.

그 가운데 가장 '징글징글하다'고 말할 수 있을 정도로 오랫동안 논쟁을 이어 온 주제가 있다. 무려 5년 동안 총 세 차례나 연찬회 안건으로 올라온, '다시 한번'의 띄어쓰기가 그 주인공이다. 이토록 많은 안건

중에서도 유독 이 문제가 오래 살아남은 이유는 단순
하다. 일상 속에서 사람들이 너무도 흔하게 쓰는 데
비해 쓰임이 모호한 표현이기 때문이다. 즉 '다시 한
번'과 '다시 한 번'의 띄어쓰기는 규범과 현실이 끊
임없이 충돌하는, 사전의 기준과 사람들의 사용 습관
이 추를 끝없이 밀고 당기는, 언어학적 밀당의 최전선
이라고 해도 과언이 아니다.

이 논쟁의 시작은 2019년 봄으로 거슬러 올라간다.
"'다시 한번'에서 '한번'을 띄어야 하는가, 붙여야
하는가."
문제는 간단해 보였지만, 그 속사정은 복잡했다.
'세는 횟수'의 의미가 담긴 '한 번'이라면 띄어 써야
하고, 이미 '어떤 일을 시험 삼아 시도함을 나타내는
말'을 뜻하는 말로 굳어진 단일 부사 '한번'이라면
붙여 써야 한다. 그런데 이렇게 뜻을 구분한다 하더라
도 '다시 한번'이란 표현만큼은 문제가 되었다. '다
시 한번'에 담긴 의미는 이상하게도 저 두 영역 사이
어딘가에 걸터앉아 있었다. 예를 들어 보자.

"다시 한 번 더 해 보자."
"다시 한번 잘 생각해 보자."

문장을 곰곰이 들여다보면 둘 다 자연스럽다. 첫 번째 예시는 횟수의 의미가 강하고, 두 번째 예시는 부사적 결합에 가깝다. 그런데 실제로 많은 사람들은 이 둘을 거의 구분하지 않는다. 일상에서는 본능적으로 '다시 한번'으로 붙여 쓰거나, 두 맥락 모두에서 고민 없이 띄어 쓰기도 한다. 결국 2019년의 결론은 편의성을 따르자는 것이었다. '다시'와 결합하는 경우에는 '한번'을 일단 붙여 쓰기로 하자. 그래야 혼란이 줄어들고, 사람들이 실제로 사용하는 방식과도 크게 벗어나지 않는다는 이유에서였다. 하지만 문제는 그렇게 결정하고 난 이후였다.

'정말 이것으로 충분한가?', '문맥에 따라 두 의미가 명확하게 구별되는데, 이걸 하나로 묶는 것이 적절한가?'와 같은 문제의식이 상담 현장에서 계속 쌓였다. 상담 연구원들은 하루에도 수십 개씩 관련 질문을 받으며 사람들의 언어 감각을 몸으로 느낀다. 그 과정에서 '아무래도 이건 다시 논의해야 한다'는 쪽으로 의견이 모아졌다. 규범은 현실을 반영해야 하지만, 현실도 규범의 정밀함을 필요로 하는 순간이 있기 때문이다.

그렇게 5년이 흘렀다. 그동안 '다시 한번'은 조용히, 그러나 끈질기게 다시 회의 테이블에 모습을 드러냈다. 그가 등장할 때마다 연찬회 참석자들은 서류를 넘기며 웃음과 한숨을 동시에 지었다.

"얘가 또 왔네…."

"이제는 가족 같은 기분이 드는데요?"

누군가 농담을 하면, 다른 누군가는 올 게 왔다는 느낌으로 진지하게 고개를 끄덕인다. 그만큼 복잡하고, 그만큼 중요한 문제여서이다. 그렇게 '다시 한번'은 연찬회에 네 번째로 올랐다. 그 어느 때보다 뜨거운 관심이 쏠렸다. 이번에는 국어상담실 내부에서도 입장이 둘로 갈렸기 때문이다. 한쪽에서는 '다시'와 함께 쓸 경우, 한 단어 '한번'인지 횟수의 의미가 드러나는 '한 번'인지 구분이 쉽지 않다고 하면서, 띄어쓰기 간소화를 위해 '다시'와 함께 쓸 때에는 '한번'

으로 통일하자고 주장했다.

다른 쪽에서는 문맥상 구별이 되는 표현을 하나로 묶는 것은 과도한 단순화라고 반박했다. '다시 한 번 더'나 '다시 한 번만'처럼 '더'나 '만'이 뒤에 오면 횟수의 의미가 분명해지므로 '한 번'으로 띄어 쓰는 것이 적절하다는 반박은 일리가 있었다.

회의는 뜨거웠다. 띄어쓰기 하나를 두고 특유의 긴장감이 흘렀다. 각자의 자리에서 전문성을 갖춘 참석자들이 자신의 언어 직관과 업무 경험, 규범 감각 등을 활용하여 토론에 참여했다. 언어란 참 묘해서, 몇 날 며칠 고민하던 문제도 단 한 문장의 예로 쉽게 설득될 때가 있고, 반대로 단순해 보이던 문제도 여러 사람이 붙어 며칠을 고민해야 실마리가 보이는 경우가 있다. 이번 회의에서는 이런 말도 나왔다.

"우리가 선뜻 수용하지 못하는 결정을 사람들이 과연 자연스럽게 받아들일까요?"

"편의성도 중요하지만, 규범의 정밀함을 지키는 일이 우리에게 더 중요한 책임 아닐까요?"

말끝은 부드러웠지만, 첨예한 쟁점을 내포한 한마

디였다. 서로 다른 입장이더라도 '다시 한번'에 대한 가장 합리적인 견해를 모으려는 의지만큼은 모두가 같았다. 서로의 견해가 다르기 때문에 '논의'가 가능해지고, 그 논의가 다시 언어의 정확성을 세우는 디딤돌이 된다는 것을 모두 알고 있었다.

열띤 논쟁이 이어졌지만, 51 대 49의 팽팽한 견해차로 결론을 하나로 모으기가 어려웠다. 하지만 결국 의미 적합성과 편의성 중에서 편의성에 조금 더 힘을 싣는 쪽으로 결론이 났다. 사실 상담실에서는 의미 적합성과 정밀함을 따르는 것이 답변하기에 훨씬 손쉽고 편하다. 그래서인지 상담 연구원들은 '명확한 기준'과 '의미 적합성'을 추구하는 경향이 있다. 그러나 이로써 일상의 언중들이 '다시 한번'의 띄어쓰기를 더욱 어려워하고 불편해하는 결과를 낳는다면 우리의 정밀한 구분이 무슨 소용일까. 그래서 이번에도 '편의성'의 손을 든 결론이 내려졌다. 그러나 방심하지 말아야 할 사실이 있다. 이번이 '다시 한번'에 대한 마지막 회의가 아닐지도 모른다는 것이다.

뜨거운 논쟁을 마치고 돌아가는 동료들의 시원섭섭한 표정을 바라보며 생각에 잠겼다. 정답이 모호할 때는 모호한 채로 두는 일, 언어를 사용하는 사람들의 흐름을 더 지켜보는 일도 필요하다. 언어의 규범은 살아 있는 생물과 같아서, 무리하게 다듬으려 하면 오히려 손을 베인다. 우리가 몇 년째 이 문제를 놓지 않는 이유다. 어쩌면 언젠가 우리는 또 전에 없던 표정을 하고 '다시 한번'에 대한 새로운 논의를 시작할지도 모른다. 그때는 또 어떤 문장을, 어떤 실제 사용례를, 어떤 직관을 가지고 이 문제를 바라보게 될까. 그 변화가 기대되기도 한다. 언어 규범을 만든다는 것은 거대한 담장을 쌓는 일이 아니라, 바람이 지나갈 수 있는 적절한 공간을 남기는 일이라는 것을 '다시 한번' 생각하게 된다.

우리가 같은 안건을 두고 계속 회의를 하는 이유는 언어 표현은 한번 정해지면 변하지 않는 고착화된 단단한 벽이 아니기 때문이다. 언어 사용자의 시시각각 쓰임에 따라, 시대 변화에 따라 언어는 변한다. 띄어쓰기를 분명히 구분하는 것이 쉽게 받아들여질 때가

있고, '다시 한번'처럼 띄어쓰기 원칙을 통일할 때 사
람들이 더 편안하게 사용하기도 한다. 그러나 이 모든
결정에 있어 무엇보다 중요한 것은 말의 모습이 어떻
게 달라질지를 계속 주시하며 예외 상황들을 수용할
수 있는 '여백'을 남겨 두려는 노력이다. 회의에 모인
사람들은 알고 있다. 정답을 내릴 수 없는 모호한 구
간에서도 조급해하지 않고 사회적 합의가 무르익기
를 기다릴 줄 알아야 한다는 것을 말이다. 그리고 어
느 날 갑자기 어제의 판단을 번복할 수 있는 가능성의
길을 열어 두어야 한다는 것을 말이다.

국어상담실은 유난히 고요하다. 우리는 하루 종일 다양한 사람들의 궁금증을 해결하느라 수없이 말을 한다. 상담 시간 동안 사무실은 말소리와 키보드 소리로 가득 차지만, 일정한 데시벨을 넘지 않는다. 키보드 두드리는 소리와 상담하는 소리가 배경음처럼 들리면 모두가 일을 하고 있다는 것이다. 그러다가도 어느 날엔 이 평온한 '백색소음'을 가르는 목소리가 들려온다.

"선생님들, 상담실 회의 안건 좀 올려 주세요."

우리에게 주어진 숙제를 떠올리게 하는 팀장님의 목소리다. 격월로 열리는 국어상담실 회의가 다음 주였다. 각자 자율적으로 안건을 올리는 방식으로 회의가 준비되는데, 안건을 제출한 사람이 아직 한 명뿐이었다. 그날 나는 유독 떠오르는 질문도 없고, 평소 고민하던 내용도 잘 생각나지 않았다. 그래서 오래된 메모장을 꺼냈다. 이면지를 삼등분해 클립으로 묶은 것으로, 5년 넘게 사용한 메모장이었다. 귀퉁이엔 여러 색깔의 스티커가 층층이 붙어 있었다. 스티커가 붙은 페이지마다 '다시 살펴봐야겠다' 하고 표시해 둔 질문들이 남아 있었다. 이미 해결된 것도, 여전히 결론 없이 남아 있는 것도 있었다. 그 가운데서 오래 묵혀 둔 주제 하나가 눈에 들어왔다.

> 1) "어머니, 제가 민성이를 어머니 댁에 1시까지 데려다줄게요."
> 2) "어머니, 제가 민성이를 어머니 댁에 1시까지 데려다 드릴게요."

'이거다.' 이 주제로 안건을 적기 시작했다. '어머니께 아이를 데려다주는 상황에서 어떤 표현이 적절할까?'가 안건의 요지였다. 예문과 설명도 깔끔히 정리했다. 듣는 대상인 '어머니'는 높여야 하지만, 목적어인 '아이'는 높임 대상이 아니다. 그래서 규범상으로는 '데려다주다'가 유일하게 가능한 형태였다. 그러나 실제 언어 현실에서는 '데려다 드리다'가 널리 쓰이고 있었다. 상담 중에 "'데려다 드리다'에서 '데려다'와 '드리다'의 띄어쓰기는 어떻게 하나요?"란 질문을 정말 많이 받고 있었기에 알 수 있었다. 그동안 이와 같은 질문을 받을 때면, "'데려다 드리다'는 올바른 표현이 아닙니다. '데려다주다'나 '모셔다드리다'를 사용해야 합니다"라고 답해 주었다. 그런데 같은 질문이 계속되는 것을 보고 '데려다 드리다'의 사용 빈도가 높다는 것을 실감했다. '데려다 드리다'를 수용해야 하는 것 아닐지 동료들과 같이 논의하고 싶었다.

그러나 이 안건을 적어 두고도 마음 한편에서 불안이 스멀스멀 올라왔다. 혹시 동료들이 '왜 이런 걸 안건으로 올렸냐'고 생각하진 않을까? 혹은 '이건 고민할 가치가 없는 문제'라고 생각하진 않을까? 이런 근거 없는 걱정들이 나를 조금 힘들게 했다. 그래서 결국 나는 그날 밤, 친한 동료에게 전화를 걸었다. 밤 시간대였음에도 동료는 아주 평온한 목소리로 내 이야기를 들어 주었다. 나는 '데려다주다'와 '데려다 드리다'에 대해 평소 고민하던 내용을 자세히 설명했다. 그녀는 마치 흥미로운 책을 읽듯 조용히 들었다. 누가 나의 이야기에 귀를 기울이고 있다는 사실만으로도 불안한 마음에 평안이 찾아왔다. 언어 문제라는 것이 누군가에게는 사소하게 느껴질 수도 있겠지만, 우리에게는 하나하나가 쉽게 넘길 수 없는 사안이다. 깜깜한 밤 여러 갈래 길 앞에서 어떤 길이 올바른 길인지 계속 찾아 헤매는 것처럼 끊임없이 고민하고 토론하는 시간이 필요하다.

동료의 지지에 힘입어 안건을 제출했지만, 정작 회의 테이블 위에 안건을 올려 보니 예상보다 벽이 견고했다. 이 표현을 쉽게 받아들이기 어렵다는 의견이 이어졌다.

"우리가 '모셔다 주다'를 쓰지 않는 이상 '데려다 드리다'도 자연스러운 형태는 아닙니다. 이건 잘못 쓰인 표현이에요."

"만약 이 표현을 허용한다면 '데려다드려 줘' 같은

형태까지도 논리적으로 열어 두어야 하는데, 그건 더 어색하지요."

동료들은 대체로 기존의 규범을 지켜 올바른 방향을 알려줘야 한다고 이야기했다. 어느 한쪽의 입장이 옳다고 단정할 문제는 아니었지만, 잠시 아득해졌다. 현실 언어의 흐름이 이미 다른 방향으로 움직이고 있다는 사실을 실감하고 있었기 때문이다. 규범과 실제 사용이 서로 다른 곳을 바라볼 때, 그 간극은 생각보다 넓고 복잡하다. 그렇기에 이 표현을 단순히 사람들이 표기를 잘못하는 사례로 넘길 수 없었다.

때마침 같은 시기에 대학원에서 사회언어학 수업을 수강하고 있었기에, 결국 나는 이 문제를 기말 과제에서 다루기로 결정했다. 언중이 실제로 어떤 표현을 선택하고, 어떤 이유로 그 표현을 자연스럽다고 판단하는지 직접 확인해 보고 싶었다. 그래서 빈칸 질문지를 만들어 국어 비전공자 98명을 대상으로 실험을 했다. 질문은 단순했다.

“어머니, 제가 민성이를 어머니 댁에 1시까지
(           ).”
1) 데려다줄게요 2) 데려다 드릴게요

두 가지 보기 중에 선택하도록 했는데, 결과가 흥미
로웠다. 거의 절반에 가까운 수인 46명이 ‘데려다 드
릴게요’를 선택한 것이다. 이 결과는 ‘데려다주다 →
데려다 드리다’로의 변화가 이미 언어 현실에서 진행
되고 있음을 보이는 것이었다.

언어학적으로 볼 때 ‘데려다주다’와 ‘데려다 드리
다’의 갈등은 단순히 표준어성에 관한 문제가 아니
다. ‘데려다주다’가 하나의 단일어로 굳어졌고 그것
의 높임 어휘는 ‘모셔다드리다’로 굳어졌기 때문에
‘데려다 드리다’처럼 쓰는 것은 적절하지 않다. 그러
나 사회언어학적으로는 이를 다른 관점으로 바라볼
수 있다. 사람들은 문법 구조를 분석해 올바른 표현을
선택하는 것이 아니라, 사회적 상호작용 속에서 적절
하다고 느끼는 표현을 선택한다. 즉, ‘어머니’라는 청
자를 보다 더 고려하게 되는 순간, 높임의 방향성에

영향을 미치면서 '드리다'가 결합한 구성이 자연스러운 선택이 되는 것이다. '데려다 드리다'는 사람들의 사용을 기반으로 새롭게 생겨난 대표적 표현이다.

국어상담실에서 마주하는 질문 하나가 때로는 우리말의 변화를 가장 먼저 알려 주는 신호가 되기도 한다. '데려다주다'와 '데려다 드리다'의 갈등 상황은 어쩌면 단일한 정답을 요구하는 국면으로 볼 것이 아니라, 언중의 선택과 규범의 방향이 계속해서 조율되는 과도기적 현상으로 봐야 하는 것이 아닐까. 이것이 '데려다 드리다'가 나에게 던진 질문이다.

언젠가 시제에 관한 공부를 하다가 동료들과 토론했던 일이 떠오른다.

"저기 모자를 쓴 사람이 영희야."

이 문장에서 '쓴'에 있는 'ㄴ(니은)'의 시제가 무엇인지에 대해 이야기가 오가던 중이었다. 그런데 동료 한 분이 다음과 같이 조심스럽게 되물었다.

"이 문장은 '모자를 쓰고 있는 사람이 영희야'라는 의미를 전하는 건가요?"

문장을 잘못 들어서이거나 그 의미를 분명히 하려고 묻는 게 아니었다. 문맥상 '쓴'보다는 '쓰고 있는'으로 표현하는 게 좋겠다고 생각해서 반문하는 것이었다.

'문맥을 고려하면 처음에 제시된 문장이 문법적으로 크게 엇나간 표현도 아니었는데, 왜 다른 표현으로 바꿔 생각하시는 걸까.' 동료의 질문을 들으며 의아했다. 그리고 곧이어 우리가 일하는 방식을 돌아보게 됐다. 어떤 문장을 보자마자 곧바로 어떻게 수정하는 것이 더 적절한지 '정답'을 가리고 찾아내려는 직업적 습관이 우리의 몸에 너무 깊숙이 배어 있는 것 같다고 느꼈다.

사실 대부분의 사람이라면 '모자를 쓴 사람'이라는 표현 앞에서 큰 문제의식 없이 머리에 모자가 얹혀 있는 사람의 모습을 떠올릴 것이다. 그런데 정작 우리처럼 이 일에 몸담고 있는 사람들은 그렇지 못할 때가 있다. 직업병이라고 해야 할까. 나 역시도 어떤 글이나 표현을 보는 순간 해당 표현이 적절한지를 가장 먼저 따져 보게 된다. 이어서, 그보다 더 적절한 다른 표현이 없는지 떠올려 보게 된다.

언어의 요소가 문장이나 글 전체의 의미에 어떻게 기여하는지 확인하기보다, 더 정확한 표현을 찾아 교정하는 일에 익숙해진 탓이겠지. 우리는 일종의 기술자가 된 것 같다. 그런데 기술이 지나치게 정교해지면, 오히려 시야를 좁히기도 한다.

그날 이후 나는 내 안에 자리 잡은 이 '정답 우선의 습관'에 대해 다시 생각하게 되었다. 우리말365에서 띄어쓰기에 관한 질문을 받으면, 질문받은 내용뿐 아니라 그 문장의 표현이 어색한지, 더 나은 대안은 무엇인지까지 자동으로 교정해서 안내하게 된다. 이를 뛰어난 업무 능력으로 생각할 수도 있겠지만, 어느새부턴가 이런 고민이 들었다. '이런 식의 교정 본능이 계속 쌓이면, 실생활에서 다양하게 뻗어 가는 언어 현실을 받아들이는 눈이 점점 부족해지는 건 아닐까. 언어를 연구한다는 것은 결국 다양한 가능성을 관찰하는 일인데.' 언어라는 것은 원래 훨씬 더 넓고 자유로운데, 업무 특성상 나는 그 자유로움을 먼저 보기보다 규범이나 교정의 틀 속에서 언어를 이해하려는 경향이 강화된다. 자연스레 언어를 보는 시선이 한 방향으로만 흐르게 될까 두려웠다.

이런 고민은 대학원 공부를 시작한 뒤부터 더욱 선

명해졌다. 새로운 언어 현상을 분석하고, 사람들이 사용하는 언어의 쓰임을 다양한 관점에서 해석해야 하는데, 내 사고가 너무 '정형화된 표현'에 맞춰져 있다는 사실을 발견하게 되었기 때문이다. 어떤 표현을 보면 무의식적으로 '이건 비문이다', '이건 어색하다'고 판단하고는, 그 이유를 설명하려고 거꾸로 추론할 때도 있었다. 그런 내 모습을 발견할 때마다 잠시 멈춰 서서 내 언어 습관이 연구자로서의 시야를 얼마나 좁히고 있는지 되짚어 보았다.

가을 학기 세미나 시간에도 비슷한 경험을 했다. 보조 동사 '-어 가다'와 '-어 오다'의 쓰임에 관해 발제하는 대목에서 "나는 10년째 ○○ 상점에서만 옷을 사 왔다"는 자연스럽고 허용되는 표현이며, "나는 10년째 ○○ 상점에서만 옷을 사 갔다"는 어색하고 허용되지 않는 표현이라고 예시를 들어 설명했다. 어떤 행동을 10년째 계속 진행해 온 경우 '-어 오다'를 쓰는 것이 적절하다는 논리에서였다. 그런데 세미나 토론자로 나선 학우가 "저는 후자도 어색하지 않아요"

라고 말하는 것이 아닌가. 이유를 물으니 여기에 쓰인 '가다'는 보조 동사로, 행동이나 상태가 진행됨을 나타내는 데 무리가 없다는 설명이었다. 그는 또 다른 예시로 "나는 짜장면을 다 먹어 갔다"라는 문장을 들었다. 학우의 말이 이해되지 않았다. 지금껏 상담실에서는 이와 같은 질문이 들어오면 보조 동사 '오다'와 '가다'의 용법을 분명히 따져 "나는 10년째 ○○ 상점에서만 옷을 사 왔다"라는 문장을 바른 문장으로 안내해 왔다. 나 또한 그 논리에 이견이 없었다. 학우는 도대체 어떤 맥락에서 '사 갔다'가 자연스럽다고 느끼는 걸까? 혹시 이때의 '가다'를 '사서 이동했다'라는 본동사 '가다'로 해석해서 그런 건 아닐까?

'한 곳에서 다른 곳으로 이동하다'를 뜻하는 본동사 '가다'의 의미로 본다면 "나는 10년째 ○○ 상점에서만 옷을 사 갔다"라는 문장은 틀린 문장은 아니다. '사서 (어딘가로) 이동한 행위가 10년째다'의 의미로 쓸 수는 있다. 하지만 "나는 10년째 ○○ 상점에서만 옷을 사 갔다"에서 '갔다'를 '진행'의 의미를 내포한 보조 동사로 보기는 어렵다. 왜 보조 동사 '오다'는 자연스럽고 '가다'는 그렇지 않은지 쉬운 비유를 들자면 다음과 같다. 과거와 현재를 수직선상에 놓고 보는 것이다. 현재에 빨간 핀을 꽂아 두고 저 멀리, 10년 전 과거의 내 모습을 바라보는 것이다. 10년 전에도, 9년 전에도 나는 ○○ 상점에서 여러 옷을 샀다. 과거부터 반복된 그 장면들은 현재 시점에 꽂힌 빨간 핀으로 점점 가까워지며 현재인 오늘까지 계속된다. 이렇듯 말하는 이가 과거부터 현재 말하는 시점을 향해 특정한 행동을 반복해 온 경우에 한국 사람들은 보조 동사 '오다'를 쓴다. 보조 동사 '가다'는 "그 일은 점점 잊혀 간다", "기억이 사라져 갔다", "그는 시름시름 앓다가 죽어 갔다"처럼 '잊히는 사건', '사라지는 사건', '죽는 사건'을 향해 뚜벅뚜벅 걸어가는 상황을 나타낼 때 쓴다. 다시 말해, 보조 동사 '가다'는 결과가 예측되는 사건과 함께 잘 쓰인다. "짜장면을 다 먹어 갔다"라는 문장 역시 정도를 나타내는 표현('다')과 함께 '완전히 다 먹음'이라는 완료 상태를 암시하는 표현이기 때문에 보조 동사 '가다'를 쓰는 것이 자연스럽다.

하지만 삶의 경험과 노출된 언어 환경에 의해 개인마다 언어 직관에 차이가 있는 것은 당연한 것이리라. 이 학우의 경험에는 내가 모르는 보조 동사 '가다'의 세계가 있는 것 같았다. 학우의 언어 세계는 이런 것이 아니었을까? 과거의 어느 순간으로 돌아가서 그 시점에 빨간 핀을 꽂고 현재를 바라보는 것이다. 그 관점에서라면 과거부터 지금까지 같은 행동을 해 가고 있다고 볼 수 있을 것이다. 그런 관점에서 학우는 보조 동사 '가다'가 가능하다고 본 것이 아니었을까.

훗날 그 학우를 다시 만난 자리에서 세미나 때 나누었던 주제를 다시 꺼내 이야기했다. 학우는 당시에는 "나는 10년째 ○○ 상점에서만 옷을 사 갔다"라는 표현을 자연스럽다고 여겼지만 지금은 이 표현이 짐짓 어색하게 보인다는 견해를 밝혀 왔다. 언어 직관이란 그 언어를 바라보는 관점에 따라 달라질 수 있다는 것을 깨닫는 순간이었다.

이 일이 있고 난 뒤 나는 어딘가 어색한 표현을 보게 되면 옳게 교정하는 것에만 관심을 두는 것이 아니

라, '그 표현을 자연스럽다고 느끼는 이유'를 이해해
보려는 노력을 하고 있다. 누군가의 언어는 그 자체로
그 사람이 속한 세계의 결과이기 때문이다. 한 사람이
살아온 시간이 담겨 있는 언어의 차이를 관찰하고 해
석하는 과정은 늘 새로운 질문을 낳고, 이렇게 생겨난
질문이 다시 연구의 출발점이 된다.

중학생 시절, 어느 날 국어 선생님이 칠판에 '갈등(葛藤)'이라는 단어를 쓰고 우리에게 물었다.

"저기 운동장 벤치 옆에 있는 나무가 뭔지 아는 사람?"

모두가 동시에 "등나무요!" 하고 외쳤고, 선생님은 창밖을 바라보며 말을 이었다.

"여름이면 저 아래서 쉬어 본 적 있죠? 줄기가 서로 단단히 얽히며 그늘을 만들어 주기 때문에 시원하지요. 그런데 서로 얽히는 식물은 등나무만 있는 것이 아닙니다. 칡도 그렇지요. 칡 역시 서로 덩굴이 뒤엉켜 풀어내기 어렵죠? 이런 모습에서 바로 '갈등'이라는 말이 탄생한 겁니다."

그 말을 듣고 한참을 생각에 잠겼던 기억이 난다. '서로 얽혀 있는 상태가 왜 부정적인 의미로 쓰이게 된 걸까? 서로 기대고 있으면 좋은 것 아닌가?' 어린 마음엔 그 모습이 그저 친밀함의 증거처럼 보였다. 대나무처럼 곧게 뻗어 서로 아예 닿지 않는 것보다는, 등나무처럼 얽혀 있는 편이 훨씬 따뜻해 보였기 때문이다. 그러나 지금의 나는 안다, 갈등은 사실 서로 거리가 가까울 때, 마음이 닿아 있을 때, 기대치가 생길 때 피어난다는 사실을. 서로 엮이지 않은 관계에서는 갈등조차 생기지 않는다. 갈등은 친밀함의 징후이기도 하다.

국어상담실에서 일하면서 나는 이 '갈등'이라는 단어를 여러 번 떠올린다. 질문자에게 답변을 하는 와중에 생기는 갈등도 있고, 함께 일하는 동료와 의견이 다를 때 느껴지는 미묘한 갈등도 있다. 가족보다 더 많은 시간을 같이 보내는 사람들이라 말투와 표정만으로도 대강 마음을 읽을 수 있다. 평소 서로에게 따뜻하고 그만큼 정도 많이 든 동료들이지만, 각자의 언어 지식과 규칙의 경계를 건드리는 사안을 논하는 순간만큼은 다소 예민해지기도 한다. 언어에는 자기 경험과 감각이 깊이 뿌리내려 있다. 이견이 발생한 순간 내 관점을 밖으로 내어놓을지 말지를 결정하기는 참 어렵다.

그래도 우리는 우리끼리 사소하게 나누는 작은 토론들이 국어 상담을 문의하는 사람들의 궁금증을 해소하는 데 도움이 되리라는 생각으로 조금의 불편함을 감수하더라도 각자의 생각을 내어놓는다. 쉽지는 않다. 하지만 언어를 다루는 사람으로서, 갈등이 두렵다는 이유로 자신이 가진 언어적 견해들을 드러내고 마주하는 일을 피할 수는 없다.

2024년 들어 국어상담실 내부 회의의 주제로 유독 띄어쓰기에 관한 내용이 많이 거론되었다. 아마 우리가 가장 자신 있어 하는 분야라 그런지, 사소한 이견에도 묘한 경쟁심이 생긴다. 어느 날에는 '그쪽분'과 '그쪽 분' 중 무엇이 맞는지 논의하게 되었다.* 나

* '분'은 의존 명사와 접미사로 쓰인다. 접미사 '-분'은 일부 명사 뒤에 붙어 앞의 명사에 '높임'의 뜻을 더한다. '간호사'나 '학생'과 같은 직책을 뜻하는 말 뒤에 접미사 '-분'을 결합하면 앞말을 높이는 표현이 된다. "그 간호사가 전해 주셨어"보단 "그 간호사분이 전해 주셨어"처럼 쓸 때 높임의 의도가 잘 전달된다. 이와 달리 '분'이 의존 명사로 쓰일 경우에는 '사람'의 뜻을 나타낸다. "한

는 '그쪽'을 장소로 보고 '그쪽 분'으로 띄어 쓰는 것이 자연스럽다고 생각했다. "그쪽에 앉아 있습니다"에서 '그쪽'은 명백히 장소이기 때문이다. 그러자 반대편에서 '그쪽'을 삼인칭 대명사로 보고 그 뒤에 '-분'을 붙인다면 '그쪽분'도 충분히 가능하지 않느냐고 반문했다. 그 의견도 이해되었다. '간호사분', '학생분'처럼 사람 뒤에 '-분'을 붙일 수 있다면, '그쪽분'이 특별히 안 될 이유도 없어 보였다. 끄덕이는 찰나, 다른 반대 의견이 등장했다.

"'그쪽분'은 사전 풀이상 맞지 않아요."

이야기가 격렬하게 오갔다. '그쪽'을 해석하는 관점이 서로 너무 다르다는 것을 알 수 있었다. 이럴 땐 때로 침묵이 좋은 선택이 될 수 있는 것 같다. 논쟁을 더 이어도 결론이 나지 않을 것을 모두가 직감했는지 좌장의 발언을 기다리는 듯한 침묵이 흘렀다. 잠시 후 이 문제는 우리만의 작은 회의 탁자에서 끝내는 게 아니라 더 큰 회의로 넘겨 다시 이야기하기로 결정되었다.

분이 오셨습니다", '한국 분', '일본 분'처럼 수식해 주는 말과 함께 쓰인다.

무더운 7월 하순, 2025년도 3차 연찬회가 열렸다. 규법을 다루는 회의를 할 때면 늘 긴장감이 맴돈다. 특히, 오래 알고 지내 온 동료의 의견이 나와 다를 때는 마음이 자주 멈칫하게 된다. 그 사람의 성품과 능력을 잘 알기에 더욱 그렇다.

"자, 쉬운 것부터 해결해 봅시다. '그쪽'에 '-들'을 붙일 수 있나요? '그쪽들'이 자연스럽지 않다면 여기에 '-분'을 결합한 '그쪽분들' 역시 자연스럽지 않죠. 그렇다면 이 표현은 말 그대로 장소를 가리키는 말로 봐야 하고, 그렇다면 의존 명사이기에 '분'을 앞말에 붙이기는 어렵습니다."

침묵을 깨고 연구관님이 말을 이었다. 특정 표현이 허용 가능한지 아닌지를 판단할 때, 그 표현의 다른 결합 가능성을 탐색하면 큰 도움이 된다. 그러나 연구관님의 명료하고 꼼꼼한 분석에 안심하기도 잠깐, 또 다른 연구원이 손을 들었다.

"저는 사람을 가리키는 맥락에서는 '그쪽분'처럼 써도 괜찮다고 생각해 왔어요. '간호사분'에서도 '-분'을 떼고 써도 말이 되고, 붙이고 써도 말이 되는 것처럼

요."

　이 또한 충분히 일리 있는 주장이라 쉽게 반박할 수 없었다. 서로의 직관과 논리가 맞물리며 논쟁이 복잡하게 펼쳐졌다. 긴 회의 끝에 그날의 연찬회에서는 결국 '그쪽 분'으로 띄어 쓰는 것으로 의견을 모았다.


　우리는 흔히 갈등을 피해야 할 대상으로 여긴다. 불편하고 번거롭기 때문이다. 하지만 회피한다고 해서 문제가 사라지는 것은 아니다. 회피는 때로 해결만 늦출 뿐, 언젠가는 더 큰 갈등으로 돌아오기도 한다. 어쩌면 언어를 연구하는 일은 갈등을 연구하는 일인지도 모른다.

　등나무와 칡이 몸을 얽어 서로를 지탱하듯, 우리 각자의 생각도 그렇게 얽혀 있다. 얽히고설킨 가운데 때때로 상대의 움직임이 느껴지고, 이를 감각하며 내 의견의 방향 또한 조금씩 바뀐다. 그렇게 서로의 관점을 배우게 된다. 특히 이곳에서는 갈등 자체가 우리를 성장시키는 도구가 된다. 우리가 매일 마주하는 작은 언어 문제와 사소한 의견 차이가 쌓여 결국 우리말의 선

택지를 넓히고, 언어의 미세한 결을 조금씩 바꿔 나간
다는 것을 이곳에서 체감한다.

언어는 흐르는 강물같다. 가까이서 바라보면 엊그제와 똑같이 흐르는 것 같지만, 조금만 멀리서 바라보면 그 물길이 얼마나 달라져 있는지 알 수 있다. 국어상담실에서 일하다 보면 이 사실이 특히 더 분명하게 다가온다.

'어여쁘다'는 '예쁘다'를 예스럽게 이르는 말이다. 하지만 중세국어에서는 '어여쁘다'를 지금의 정서와는 다르게 '불쌍하다', '가련하다', '가엾다'는 뜻으로 썼다. 또 중세국어에서는 '놈'이 '사람'을 지칭하는 평범한 의미로 쓰였지만, 지금 우리가 쓰는 '놈'은 '남자를 낮잡아 이르는 말'로 그때와는 다른 뜻을 지닌다. 낡은 의미를 벗고 새로운 의미를 얹으며 언어는 조금씩 이동한다.

이렇게 오랜 시간을 거슬러 올라가지 않아도 언어

의 변화를 문득 느끼기도 한다. 어느 날 상담실에서 받은 짧은 질문에는 내가 미처 감지하지 못하고 있던 언어의 변화가 녹아 있었다.

"'성함이 어떻게 되실까요?'라는 문장이 맞는 표현인가요?"

질문을 받자마자 머릿속에서 이 문장이 '성함이 어떻게 되십니까?'라는 문장으로 교정되었다. 상대방의 이름을 물을 땐 '-ㅂ니까'라는 어미를 사용해 의문을 나타내는 것이 규범적으로 바르다는 걸 알고 있었기에 자동적으로 일어난 일이었다. 답변할 준비를 마쳤지만, 뒤이어 다른 생각이 따라왔다. '그런데 '성함이 어떻게 되실까요?' 같은 표현이 왜 이렇게 자연스럽고 낯익지? 최근 어디에서 들어 봤더라?' 마트 계산대, 은행, 병원 접수 창구, 이동통신 고객 센터… 각종 일상적인 장소에서 흔히 들어 본 말은 "성함이 어떻게 되십니까?"가 아닌 "성함이 어떻게 되실까요?"였다. 어느새 실생활에서는 "성함이 어떻게 되십니까?"라는 말보다 "성함이 어떻게 되실까요?"가 더 널리 쓰이게 된 것이다.

그렇다고 해서 "성함이 어떻게 되실까요?"라는 표현이 맞다고 답하기는 어려웠다. 어미 '-ㄹ까' 때문이었다. 이 어미는 보통 모르는 일에 대해 추측을 할 때나 상대의 의견을 물을 때 쓰인다. "그가 갔을까?", "우리 이 길로 갈까?"와 같은 문장에서처럼 말이다.* 그런데 어느 순간부터 이 어미가 높임 표현과 엮여 상대의 이름을 묻는 정중한 표현의 형태로 굳어 가고 있었다. 부정확한 표현이라고 여겨졌던 것이 어느새 공기처럼 자연스럽게 쓰이는 표현이 된 것이다. 표준어 화법을 준수하여 "성함을 말씀해 주세요"나, "성함이 어떻게 되십니까?"라고 말한다면 2026년의 청자는 이를 어떻게 받아들일까? 사람마다 다르겠지만 대체로 전자는 인적 사항을 너무 직접적으로 요구하는 뉘앙스로, 후자는 자칫 호전적인 뉘앙스로 들리기 쉽다. 어쩌면 그런 이유에서 "성함이 어떻게 되실까요?"와 같이 본래는 혼잣말하는 맥락에서 쓰이던 표현이 완곡한 의문형 표현으로 정착된 것이 아닐까.

* 혼잣말로 추측하는 맥락이라면 '그분의 성함은 어떻게 되실까?' 처럼 표현하는 데에 문제가 없다.

한편, 국어상담실에서도 답변을 기록하고 보완 답변을 마련하기 위해 질문자의 성함을 묻는 경우가 있다. 이럴 때 나는 주로 "성함만 좀 남겨 주시겠습니까?" 하고 부탁하는 말로 여쭌다. 동료들 중에서는 "성함을 여쭤도 될까요?"라고 상대의 허락을 청하듯이 완곡하게 묻는 이들도 있다.

생각을 거듭해도 '성함이 어떻게 되실까요?'의 허용 여부를 묻는 질문자의 물음에 어떻게 답변해야 할지 갈피를 잡을 수 없었다. 사전적 규범과 현실 언어의 간극은 상담 현장에서 늘 반복되는 문제다. 규범 언어는 우리가 지켜야 할 중심축이지만, 언어는 결국 사람들이 쓰는 방식에 따라 움직인다.

결국 이 질문의 내용은 회의 안건으로 상정되었다. 표면적으로는 "성함이 어떻게 되실까요?"의 허용/비허용 문제였지만 이는 결국 '현실 언어에서 널리 쓰이는 표현을 규범적 근거로 '틀렸다'고 할 수 있을까?'에 관한 문제이기도 했다. 실제로 많은 사람들은 사용 빈도가 높은 표현을 자연스럽다고 느낀다. 게다가 서비스업 계통에서는 '-요?'로 끝나는 높임 표현을 부드럽고 친근하게 여기며 널리 쓰는 추세다. 사회언어학에서는 이미 높임 표현의 확장이라는 흐름을 오래전부터 주목해 왔고, 상대의 기분을 배려하는 과정에서 이런 쓰임이 확장하고 있다고 긍정하는 연구도 있었다.

회의 말미에 우리는 "성함이 어떻게 되실까요?"라는 표현을 '틀렸다'고 하지 않기로 결정했다. 많은 사람들이 널리 사용하고 있고 그 쓰임이 자연스럽게 굳어지고 있다면, 그 사실을 인정하는 것이 더 적절한 방향이라는 판단이었다. 언어는 쓰임에서 의미를 얻고, 규범은 언어가 그 쓰임에서 크게 벗어나지 않도록 돕는다. 그래서 우리는 이제 "'성함이 어떻게 되실까요?'라는 문장이 맞는 표현인가요?"와 같은 질문을 접하게 되면 이렇게 답하곤 한다.

"사전에는 아직 올라 있지 않으나, 현실에서는 그와 같은 표현이 널리 쓰이고 있습니다."

짧은 대답이지만, 그 안에는 언어가 변화하는 속도와 방향을 수용하는 우리의 자세가 담겨 있다. 변하는 언어를 가까이에서 관찰하는 일은 때로는 낯설고, 때로는 재미있다. 상담으로 만나는 질문 하나에도 우리 사회가 어떤 방향으로 말을 바꾸고 있는지, 어떤 마음으로 서로를 대하고 있는지를 가늠할 수 있다.

강물처럼 도도히 흐르는 말의 움직임 속에서 나는 오늘도 새로운 얼굴로 다시 나타난 언어를 만난다. 그 변화가 빠르든 느리든, 언어는 언제나 우리보다 조금 앞서 흐르며 우리를 점차 새롭게 한다.

회사 앞에 반가운 다코야키 트럭이 보인다. 매주 수요일과 금요일에 오는데, 줄이 길어 구매에 성공한 적이 별로 없다. 앙증맞은 파란색 트럭 앞에 사람들이 서넛 줄을 서 있을 때면 '지금은 줄 서서 기다릴 시간이 없으니 다음에 사야지' 하고 돌아서곤 했다. 어느 날, 마침 손님이 없는 시간이었는지 트럭만 보였다. 반가운 마음에 얼른 달려가 급하게 다코야키를 주문했다.

"사장님, 고소한 맛, 치즈 맛 반반 섞어서 열두 개 주세요."

그런데 사장님이 다코야키를 굴리시다가 검정 뿔테 안경 너머로 나를 바라보시는 것이었다. 빙글 웃으시더니 내게 뭐 하나만 묻겠다고 하셨다.

"혹시, '아버지가방에 들어가신다' 알아요?"

나는 안다고 답했다. 띄어쓰기 위치에 따라 전혀 다

른 의미를 지니게 되는, 의미적 중의성을 내포한 문장이었다. 내 대답을 들은 사장님이 뒤이어 말씀하시기를, 방금 내가 말한 문장이 바로 이 "아버지가방에 들어가신다"와 비슷하다는 것이다. 곰곰이 돌이켜 생각했다. "'고소한 맛과 치즈 맛 반반'이라고 한 게 이상한가요?"라고 여쭈니 다음과 같이 말씀하셨다.

"'사장님'이 고소한 맛이나 치즈 맛은 아닐 텐데, '사장님 고소한 맛과 치즈 맛'으로 열두 개 달라고 하셨죠? '다코야키'를 빼고 이야기하니 그렇게 들리던데요?" 하며 웃으셨다. 말씀을 듣고 나니 정말 그랬다. 실은 그 트럭에서 파는 게 '다코야키' 말고 다른 건 없었기 때문에 그 단어를 생략해도 이해할 수 있는 맥락이긴 했으나, 그렇다고 해서 "에이, 사장님 그건 아니죠" 하며 말씀을 반박하고 싶지는 않았다. 내가 "아!" 하고 탄식을 뱉으니, 사장님은 넉살 좋은 웃음을 보이셨다.


사장님의 농담을 듣고 나니, 예전에 국립국어원 게시판을 달궜던 "너 나 안 본 지 두 달 다 돼 감"*이라

---

* "너 나 안 본 지 두 달 다 돼 감"과 같이 띄어 쓰는 것을 원칙으로

는 문장이 떠올랐다. 사장님 정도의 고수라면 이 문장도 단번에 띄어 읽으실까? 인터넷에서 밈(meme)으로 돌았는지, 한때 이 문장의 정확한 띄어쓰기를 묻는 질문이 반복적으로 들어온 적이 있었다(지금까지 기록된 질문의 수를 헤아리니 100건 이상이 된다!). 사람들에게는 이 문장의 띄어쓰기가 아무래도 영 어색하게 느껴졌던 것 같다. 한 문장 안에서 모든 글자를 띄어 쓰는 경우는 실제로 아주 드물기 때문이다.

"아버지가방에 들어가신다"처럼 띄어쓰기 하나에 의미가 달라지는 또 다른 사례도 떠오른다. 작년 여름, 근린공원 화장실에서 손을 씻고 있는데 한 모녀가 나누는 대화를 옆에서 우연히 듣게 되었다. "엄마, 이게 뭐야?"라고 하는데 나도 모르게 고개를 들어 아이가 손가락으로 가리키는 걸 보게 되었다. 거울 하단에는 "발 닦지 마세요"라는 문구가 붙어 있었다. 그러자 엄마로 보이는 여자분이 친절히 설명해 주었다.

"공원 화장실은 여러 분들이 이용하시는 곳이지? 그러니까 여름에 흙먼지 묻은 발을 씻고 싶어도 여기에 발

하되, '두 달'과 '돼 감'은 붙여 쓰는 것을 허용한다.

을 올려 씻으면 안 돼. 개수대가 더러워지면 다른 사람들이 불편해하잖아. 그래서 이렇게 붙여 놓으신 것 같아.”

위의 문장에서 ‘여러 분’은 띄어 쓰는 것이 맞다. 그런데 왜 이렇게 띄어야 할까? 이때의 ‘여러 분’은 눈앞에 있는 복수(複數)의 상대를 지칭하는 게 아니라, ‘여러 사람’을 뜻하는 의미이기 때문이다. 반면 “신사 숙녀 여러분!”처럼 ‘듣는 이가 여러 사람일 때 그 사람들을 높여 이르는 이인칭 대명사’인 ‘여러분’은 한 단어로 붙여 써야 한다.

쓸 때마다 의미를 헤아리지 않으면 실수하기 쉬운 것이 띄어쓰기다. 의미를 헤아려 맞춤법에 맞게 쓰고자 하는 노력은 때론 쉽지 않겠지만, 다코야키 사장님처럼 띄어쓰기를 어려운 과제로 여길 것이 아니라 유희의 수단으로 바라본다면 조금 더 쉽게 접근할 수 있지 않을까.

외않되?

언젠가 온라인에서 '외않되'라는 말이 유행한 적이 있다. 이 표현은 주로 어떤 상황이나 이유로 인해 특정 행동을 하거나 결과를 내기가 불가능할 때, 그 이유를 묻거나 불만을 표시하려는 의도로 사용된다. 어문 규범을 지킨 정확한 표현은 '왜 안 돼?'이다. '왜 안 돼?'로 쓰지 않고 '외않되'로 굳이 변형해 쓰이며 밈이 되었다는 점이 흥미롭다. 한국인이 유독 헷갈려 하는 '외'와 '왜', '안'과 '않', '되'와 '돼'의 표기와 띄어쓰기를 의도적으로 모두 틀리게 쓴 말이었기 때문이다. 이거야말로 시대에 반항하는 제대로 된 언어유희라는 생각이 들었다.

어쩌면 '안'과 '않'에 얽힌 개인적인 일화가 이 밈을 그냥 지나칠 수 없게 했는지도 모른다. 대학 동기인 내 친구는 똑똑하고 야무졌다. 20년 동안 보아 온 그녀는 일머리도 있고 뭐 하나 허투루 하는 법이 없었다. 그런 친구를 늘 속으로 대단하다고 생각해 왔다. 잔소리가 필요 없는 그녀에게 내가 훈수를 두는 날이 올 줄은 몰랐다. '안'과 '않'의 맞춤법 표기 때문이었다.

어느 날, 우리는 약속을 잡기 위해 메시지를 주고받고 있었다. 친구는 "현영아, 우리 이번 주 토요일에 만나는 거 어때? 난 금요일은 않 돼"라고 말했다. 처음엔 '어? 얘가 잠깐 헷갈렸나?'라고 생각했다. 그 뒤로 시간이 흘러 두어 달이 지난 후 이 친구와 또 다른 주제로 메시지를 주고받던 중, 이번엔 그 친구가 "버스가 잘 않 올 수 있어서, 내가 데리러 갈게"라고 하는 것이었다. '안'과 '않'을 반대로 알고 있는 게 분명했다. 이때껏 스스로 맞춤법에 대해 예민하지 않은 사람이라고 생각해 왔는데, 실은 그렇지 않았었나 보다. '않 돼'를 '안 돼'라고 쓰도록 고쳐 주고 싶었다. 그러나 갑자기 맞춤법 이야기를 꺼내기도 애매해서 망설여졌다. 그 뒤로도 몇 번을 더 지나쳤다. 그런데 같은 상황이 반복되자, 어느 순간 메시지의 내용보다 '않'이라는 글자에 먼저 시선이 가게 되었다. '아무래도 알려 줘야겠다, 다른 사람과 대화하다가 실수하면 안 되지. 그럼!' 하고 내 훈수에 대한 명분을 세운 뒤 이날 친구에게 '네가 '안'을 쓸 자리에 '않'을 쓰고 있다'고 말했다. 워낙 막역한 사이라, 그 메시지를 보낸 이후 서로 얼굴을 마주 보며 만난 자리에서 친구는 웃으며 이 얘기를 먼저 꺼냈고, 난 너스레를 떨며 '않/안' 구분법 5분 강의를 펼쳐 보였다. 이땐 정말이지 나도 어쩔 수 없는 국어원 직원인가 보다 싶었다.

어느 날, 다른 과 동료를 만나 점심을 먹으며 '외않되' 이야기를 나누었다. 그녀는 국립국어원에서 나만큼, 아니 나보다 더 소장파에 가까운 사람이다. '외않되' 밈에 웃으면서도, 너무 자주 반복되는 맞춤법 오류에 신경이 쓰인다며 동료는 얼마 전에 겪었다는 일화를 들려주었다.

얼마 전 조카가 생일을 맞아, 동료는 조카의 생일 선물로 신발을 사서 집으로 보내 주었다고 한다. 그다음 날 출근하는 중에 오빠에게 문자 메시지가 와서 확인해 보니, 인증 사진과 함께 다음과 같은 메시지가

와 있더라는 것이다.

"○○(조카 이름)가 선물 너무 고맙데."

남 일 같지 않아서, 자연스럽게 고개를 끄덕이게 되었다. 동료가 김밥을 삼키며 덧붙였다.

"우리 오빠가 헷갈린 부분, 아주 쉽게 해결하는 방법이 있는데. 샘 아세요?"

그 방법이 무엇인지 여쭀더니 문장 맨 끝의 '데/대'가 헷갈릴 때에는 딱 하나만 기억해도 된다는 것이다. '데/대' 앞에 '는'이 없을 경우에는 '대'로 쓰면 반 이상은 맞는다고 했다(물론, 확률은 반이다). 만약 앞에 '는'이 있다면 '데/대' 중 '데'를 쓰기를 권하는데, 일상적인 언어 생활에서는 이렇게만 구분해도 타율이 생각보다 높다고 하면서 여러 가지 예를 들어 주었다. "조카가 어제 받은 선물 너무 고맙대", "서율이가 이건 싫대. 그럼 저거 사다 줄까?", "그건 지금은 곤란하겠는데", "좋아! 그렇게 하자! 재밌겠는데" 듣자니 정말 그랬다. 이 간단한 맞춤법 꿀팁을 그래서 이곳에 소개한다. 그러나 오해가 없게끔 덧붙인다면, '는' 뒤에선 무조건 '데'로 써야만 하는 것은 아니다. '대'가 쓰일 때도 있다.

　그러면 어떻게 이해하는 것이 가장 정확할까. 보통 '-데/-대'는 맥락에 따라 구분하여 쓸 수 있다. '-데'는 화자가 직접 경험한 사실을 나중에 보고하듯이 말할 때 쓰이는 말로, '-더라'와 같은 의미를 전달한다. 그리고 '-대'는 말하는 이가 직접 경험한 사실이 아니라 남이 말한 내용을 간접적으로 전달할 때 쓰인다. 따라서 '-다고 해'와 같은 의미라 할 수 있다. 또, '-대'는 어떤 사실을 주어진 것으로 치고 그 사실에 대한 의문을 나타내는 종결 어미로, 놀라거나 못마땅하게 여기는 뜻이 섞여 있는 경우에도 쓴다. 그래서 나는 '-데/-대' 관련 질문을 받으면 각각 '더라'와 '다고 해'로 바꿔 표현해 보시라고 안내해 드리곤 한다. '다고 해'를 넣어 말이 되면 '대', '더라'로 바꿔 말이 되면 '데'로 쓰면 틀리는 법이 거의 없을 것이다. ┈┈┤ 213쪽 '-데/-대' 참고 ├

한 공간에서 매일 15~20건의 전화를 받다 보면, 같은 질문을 반복해 듣기도 하고, 비슷한 말투와 습관을 가진 '단골손님'을 자연스레 알아보기도 한다. 심지어는 동료의 수화기 너머에서 들리는 먼 통화 목소리만으로도 "아, 저분이구나" 하고 알 때가 있다. 그럴 때 우리는 서로 '눈치 백 단'이라고 농담을 한다. 어느 순간 서로가 얼마나 많은 경험을 공유하고 있는지 깨닫게 된다.

"네, 안녕하십니까? 국립국어원 국어상담실입니다. 네네, 바를 정, 믿을 신입니다. 뜻 불러 드릴까요?"

조용한 사무실을 부드럽게 감싸는 이 목소리는 우리의 '쌍둥이 엄마' 선생님 것이다. 이란성 쌍둥이를 낳은 지 얼마 되지 않아 바쁜 일상을 보내고 있는 그녀는 상담실에서 가장 차분하고 안정적인 말씨를 가진 사람이다. 상담원마다 전화받는 스타일이 조금씩 다르지만, 그녀의 목소리는 상대의 긴장을 한 번에 풀어 줄 만큼 고르고 온기가 있다.

76쪽 〈미워도 '다시 한번'〉 참고

내가 그를 존경하는 이유는 또 있다. 우리가 답할 수 없는 질문이 들어올 때 나는 보통 "그 부분은 저희가 답변드리기 어려운 영역입니다"라고 짧게 안내하고 넘어가는 편이다. 그러나 그녀는 같은 말을 하면서도 상대가 사정을 이해할 수 있도록 답변이 불가한 이유를 하나씩 차분히 설명한다. 그 배려의 모습을 보면 대단하다는 생각이 든다. 그녀가 어느 날 "아이들을 키우고 나니 말도 안 되는 건 없더라고요. 사람들이 어떤 말을 건네도 이해가 돼요"라고 말한 적이 있는데, 그 말이 농담 같으면서도 참 진심처럼 들렸다. 아이를 키운다는 것이 이렇게 또 다른 결을 만들어 주는구나 싶었다. 레벨이 하나 올라갔다고 표현해야 할까.

그런 그녀에게도 이례적인 순간이 있었다. 어느 날, 전화기 너머로까지 들려오는 고성에 그녀의 말투가 아주 살짝 흔들리는 것이 느껴졌다.

"예, 예… 알겠습니다. 그래도 그렇게 말씀하시진 않으셨으면 합니다."

그 말이 끝나자마자 사무실은 순식간에 정적에 휩싸였다. 그녀가 전화를 끊자마자 누군가가 물었다.

"선생님, 혹시… 오늘 처음 전화하신 분인가요?"

이 질문은 사실 질문자가 누군지 궁금해서 묻는 질문이라기보다, 곤란한 전화를 받은 동료의 상태를 조심스럽게 묻는 안부인사이다. "고생했어요. 괜찮아요?"라는 말 대신에 건네는 표현에 가깝다. 우리는 서로의 고통을 대신 짊어질 수는 없지만, 고통이 묻어나는 목소리가 들리면 조용히 다가가 위로의 마음을 건넨다. 그런 점에서는 한 사무실에 있는 모든 상담원은 하나의 질문을 함께 답변하고 있다고도 볼 수 있다. 직접 수화기를 잡고 있는 사람은 한 명이지만, 나머지는 거기에 조용히 귀를 기울이며 상황을 파악한다. 동료의 목소리가 흔들리면 곁으로 가 지지대가 되어 준다. 이런 사소해 보이는 작은 지지가 우리가 서로의 마음을 지키고 계속 일할 수 있게 하는 힘이 된

다. 조그만 위로의 몸짓이 동료의 괴로운 마음을 모두
해결해 줄 순 없겠지만, 그렇게 함으로써 적어도 어려
움을 혼자 겪게 하지는 않겠다는 조용한 약속을 건네
는 것이라 생각한다.

## 질문자님, 저 화장실 다녀와도 될까요?

우리 상담 연구원들에게 '시간'이란 단순히 근태를 가늠하는 물리적 척도를 넘어선다. 그것은 질문자의 간절한 궁금증에 지체 없이 응답해야 한다는 엄중한 약속의 단위이다.

상담 시간이 되면 전화 상담과 카카오톡 '우리말365' 상담으로 모두 바쁘다. 그런데 이 중요한 시간에 생리적 신호가 올 때가 있다. 문제는 그렇다 한들 수화기 너머 질문자에게 "죄송한데 저 화장실을 가야 할 것 같아요"라고 양해를 구하거나, 우리말365 답변창에 "잠시 화장실 다녀올게요"라고 메시지를 남기는 일은 상상도 할 수 없다는 것이다. 이런 불의의 상황을 대비해 보통 업무 시작 전에 화장실도 미리 다녀오고 물도 잘 마시지 않는다. 업무 중에 신호가 오더라도 대부분 참게 된다. 업무 전화를 받다가 급하다며 동료에게 넘길 수도 없기 때문이다.

그런데 이렇게 준비를 하고 대비를 해도 우리의 생리 신호는 준비되지 않은 순간에 들이닥치곤 한다. 이런 상황을 위해 사무실에는 '암묵적 룰' 또는 '약속된 절차'가 마련되었다. 화장실 방문에 무슨 거창한 룰이나 절차까지 필요한 걸까 싶겠지만, 우리에게 화장실로 냅다 달려 나간다는 것은 곧 내가 받아야 할 전화의 순번을 건너뛰게 된다는 것이고, 이는 곧 동료가 나의 몫까지 대신 짊어지는 상황을 뜻하기에 마음이 편치 않은 것이 사실이다. 이러한 이유로 우리는 자신의 순번에 도착한 질문을 온전히 완수하고 나서야 비로소 가벼운 마음으로 걸음을 옮긴다. 예를 들어 전화 상담 업무를 하는 와중이라면 내 순번에 걸려 온 전화를 받고 난 뒤에 자리를 뜬다. 우리말365 업무 중이었다면, 그 시간대에 부여받은 순번이 1번이나 2번 (가장 바쁘게 답변해야 하는 순번)일 때는 자리를 비우지 않고, 비교적 답변 순서가 천천히 돌아오는 3번, 4번일 때는 자기 차례에 해당하는 답변을 서너 개라도 완료하고 나서 화장실에 다녀올 기회를 보곤 한다.

자, 그렇다면 첫 번째 관문이다. "신호가 왔다. 참을 수 있는가?"라는 질문에 "예"라는 확신이 든다면 인내의 과정이 시작된다. 가령 오후 2시, 전화 상담을 위해 대기하던 중 아랫배에서 신호가 온다고 가정해 보자. 이때부터는 온 신경이 한 곳에 집중된 채로 내 차례의 벨이 울릴 때까지 끈기 있게 기다린다. 심호흡도 해 보고 잠시 자리에서 일어나 먼 하늘을 바라보며 주위를 둘러보기도 한다. 평소엔 무심코 받던 전화벨 소리가 이때만큼 반가울 수가 없다. 상담을 무사히 마무리하고 답변 기록을 정리하는 2분의 시간, 그 시간을 넘기지 않기 위해 전화를 끊자마자 화장실로 신속히 향한다. 이런 긴박함은 비단 전화 상담 시에만 해당하는 것이 아니다. 카카오톡으로 진행되는 우리말365 채팅 상담 때에도 마찬가지다.

그렇다면 두 번째 관문으로 "신호를 잠시 참을 수 있는가"란 질문에 "아니요"라고 답해야 하는 경우다. 아무리 예의와 배려가 중요하다 해도, 제어하기 어려운 불가피한 상황에 직면하면서까지 예의를 차릴 수는 없다. 이때는 공동체의 암묵적인 약속이 작동한다.

직원들의 업무 채팅창에 "잠시 화장실에 다녀오겠습니다!"라는 메시지를 남겨 양해를 구하는 것이다. 이런 메시지를 보면 누구라도 이해하지 못할 사람이 없다. 나가는 길에 옆 동료에게 눈짓을 보내면 동료는 얼른 다녀오라며 끄덕끄덕 고갯짓을 해 준다. 그렇게 고마운 여유를 얻게 된다.

생각해 보면 어린 시절부터 지금까지, 살면서 이토록 타인과 긴밀하게 나의 생리적 상태를 공유한 적이 있었나 싶다. 기억을 거슬러 올라가면 여덟아홉 살 무렵이 떠오른다. 가족들과 나선 유원지에서 사방 100미터 내에 화장실 하나 보이지 않을 때, 다음 휴게소까지 한참 남은 고속도로 한가운데에서… 내 생체 신호는 눈치 없이 찾아오곤 했다. 최대한 참아 보려다 결국 한계에 다다라 부끄러움을 무릅쓰고 엄마에게 '최후통첩'을 보낼 때, 그 순간 흔들리던 엄마의 눈빛을 기억한다. 그러나 엄마는 이내 침착하게 나의 어려움을 해결해 주었다. 어른이 되면 그런 신호를 자유자재로 통제할 수 있는 줄로만 알았다. 알고 보니 어른이 된다는 것은 신호 자체를 통제하는 것이 아니라,

몸의 상태를 살피고 조절하며 상황을 책임지는 요령을 배우는 일이었다.

분초가 엄중한 장소이기에, 우리는 각자의 상담 시간을 철저히 지킴으로써 동료에게 짐을 더하지 않으려 노력한다. 배려와 미안함이 우리의 화장실 문화다.

국립국어원 국어상담실로 들어오는 질문 중에서 외래어 질문은 2할 이상을 차지한다. 특히 요즘 들어서는 우리말365로 외래어 질문이 많이 들어온다. 그중 상담 연구원들이 가장 답변하기 어려워 하는 언어는 뭐니 뭐니 해도 태국어다.

태국어는 정말이지 생경하다. 규정집을 옆에 끼고 봐도 질문자가 보낸 글자와 내가 보는 도표 속의 글자가 도무지 연결되지 않는다. 분명 표기법은 존재하는데, 표기법을 봐도 도통 모르겠다. 실제 쓰이는 글자에는 표기법상 글자들과는 달리 깨알 같은 부호들이 모자처럼 덕지덕지 붙어 있다. 직선의 한국어에 익숙한 내 눈에 태국어는 예쁜 그림이나 꼬불꼬불한 덩굴 식물, 혹은 해독해야 할 암호문처럼 보일 뿐이다.

성조를 결정하는 그 미세한 부호들을 확인하려 모

니터 속 태국어 폰트를 25포인트까지 대문짝만하게 키워 놓고 있자면, 내가 지금 국어 상담을 하는 건지 숨은그림찾기를 하는 건지 헷갈릴 지경이다. 우리말의 '아이'와 '어이'가 점 하나로 갈리듯, 그네들의 언어도 획 하나에 운명이 바뀐다. 결국 눈을 비벼 가며 고심하다가, 가장 유사한 용례를 조심스레 건네며 '용례를 참고하시라'는 말로 답변을 맺는다. 그럴 때면 나 역시 외래어 표기의 늪에서 길을 잃은 한 명의 방랑자가 된 기분이다.

하지만 나를 정말 난감하게 만드는 건 이런 물리적인 난해함이 아니다. 대중이 사랑하는 '말의 맛'과 규범 사이에서 벌어지는 줄다리기다. 사실 영어는 우리에게 이제 외래어를 넘어 거의 합성어의 일부가 됐다. '썸 타다'라는 말을 자연스럽게 뱉는 세대에게 영어는 더 이상 남의 나라의 말이 아니다. 언어란 결국 사람들의 입술 위에서 생명력을 얻는다.

솔직히 말해 보자. '로브스터'는 얼마나 건조한가. 데이트 신청을 하며 "우리 로브스터 먹으러 갈까요?"

라고 묻는 장면을 상상하면, 어딘지 모르게 입맛이 싹 달아나는 기분이다. '로브스터'라는 딱딱한 발음에서 김이 모락모락 나는 붉고 통통한 집게다리를 떠올리기란 참으로 어려운 일이다. 우리는 '랍스터'라고 발음할 때 비로소 바닷가재의 호화로운 풍미를 느낀다. 대중의 끈질긴 '말맛' 덕분에 결국 2015년, '랍스터'는 당당히 표준의 자리를 꿰찼다.

4년 전 어느 날엔가 티브이를 보는데 한 예능 프로그램에서 아나운서 출신 출연자가 이런 말을 한 적이 있다. "여러분, 랍스터를 뭐라고 부르는지 아세요? 로브스터예요. 로브스터." 그러자 다른 출연자가 "그걸 누가 로브스터라고 해요? 그 정도면 표기를 정한 사람이 잘못했죠"라며 볼멘소리로 대꾸했다. 티브이 속으로 달려가 외치고 싶었다. "여러분, 이제 랍스터도 맞아요! 랍스터도 우리 식구 된 지 오래됐다고요!"

누군가는 원칙이 무너졌다고 혀를 찰지도 모르겠다. 하지만 외래어 표기법 제1장 제5항은 이미 자애로운 마음으로 길을 열어 두었다. "이미 굳어진 외래어는 관용을 존중하되, 그 범위와 용례는 따로 정한다."

표기법이란 사람들을 가르치고 통제하는 교단 위의 회초리가 아니다. 우리들이 서로를 더 잘 이해하기 위해 맺은 약속이다. 모델, 바나나, 카메라도 실제 원어 발음과는 거리가 멀지만, 한국 사람들이 수십 년 동안 교과서나 언론에서 써 왔기 때문에 오랜 관용을 존중해 표준 단어가 되었다. 그러니 '로브스터'와 '랍스터'라는 두 반장의 공동 선출도 너그럽게 봐 주었으면 한다. '디엠제트(DMZ)'와 더불어 '디엠지(DMZ)'가 복수 표준어가 되었고, '아르(R)'와 함께 '알(R)'도 복수 표준어로 올랐을 때 속으로 기쁜 마음을 감출 수가 없었다. 낡은 규범에 갇혀 말의 맛을 포기하기보다, 가끔은 대중의 말맛을 믿어 보는 것. 상담실에서 배운 규범 언어의 또 다른 모습이다.

## '개맛있다'가 상스럽나요

다른 연구원의 어제 자 답변 기록을 검토 파일로 들여
다보던 중이었다.* 이런 질문이 들어왔던 것을 확인
할 수 있었다.

> '갔다 박다', '가져다 박다', '갖다 박다'
> 발화자의 오디오를 자막으로 처리하려고 하는
> 데요, "브레이크를 밟아야 하는데 기어를 거꾸
> 로 넣고 뒤로 '가따' 박았어"란 문장에서 '가
> 따'를 바로 쓰자면, '갔다'와 '갖다' 중 무엇
> 이 맞나요?

* 국립국어원 국어상담실에서는 답변의 정확성과 신뢰성을 높이고
  자 앞서 질의응답한 답변 자료에 대한 검토 과정을 매일 거친다.
  상담 연구원들이 바로 전날 답변한 내용을 당사자를 제외한 다른
  상담 연구원이 다시 확인하는 것이다. 서로 골고루 나누어 그다음
  날 교차 검토를 진행하고, 필요할 경우 토론을 거친 뒤 답변을 추가
  로 보완하기도 한다.

이 질문에 대한 최초의 답변은 다음과 같았다.

뒤로 이동하다가 부딪친 것을 이른다면 '뒤로 가다 박았어'와 같이 표현하는 것이 어울릴 듯합니다.

처음에는 내가 잘못 본 줄 알았다. '차를 뒤로 갖다 박았어'란 질문에 대한 답변이 '뒤로 가다 박았어'로 되어 있는 것이다. 답변을 한 사람은 얌전하고 바른 언어생활을 하는 동료였다. 험한 말이라고는 절대로 하지 않는 이 동료 연구원이 '갖다 박았다'라는 표현을 '가다 박았어'로 순화(?)해서 안내해 준 것이다. 그런데 질문자는 이에 그치지 않고 다시 문의를 했다.

문장이 '박았어'로 안 끝날 경우에는 어떤가요? 이를테면 "브레이크를 밟아야 하는데 기어를 거꾸로 넣고 뒤로 '가따' 박고 그러잖아"란 문장이라면, 이때는 '갔다'와 '갖다' 중 무엇을 써야 하나요?

다시 질문한 내용을 보니, 질문자는 '차를 가져다가 박는다'는 상황에 대한 표현이라는 걸 분명히 하려는 듯했다. 재질문에 이어지는 답변은 이랬다.

과거의 의미를 드러낸다면 '갔다가'와 같이 쓸 수 있으나 '이동하다가' 정도의 의미를 나타낸다면 '가다가'와 같이 쓸 수도 있으므로 의도를 고려하여 쓰시기 바랍니다.

제3자의 눈으로 질의응답을 가만히 보다 보니, 질문자는 '들이받았다' 정도의 강한 표현으로 '갖다 박았다'를 쓰고자 한 맥락인 듯했다. 그 의도를 고려하자면, 답변을 '갔다 박았다' 혹은 '가다 박았다'로 안내할 게 아니라 '갖다 박았다'로 안내해야 맞을 것 같았다. 이때 '갖다'는 '갖다가'의 의미로 말이다. 즉 이때의 '갖다 박았다'는 '가져다가 박았다'는 뜻인 것이다.

잠깐! 차를 어떻게 '가져다가 박느냐'고 반문하는 분들이 계실 수도 있다. "열쇠를 서랍 안에 갖다 놔"

나 "책을 친구에게 갖다줬어"처럼 우리 손에 가볍게 쥘 만한 물건에 '가지다'를 쓰는 것은 자연스럽지만 '차를 갖다 박았다'처럼 커다랗고 무거운 물체에 '가지다'를 쓰는 것은 아무래도 잘못된 용례로 느낄 수도 있다. '가다 박았다'나 '뒤로 갔다가 박았다'로 수정해 답변한 내 동료 연구원처럼 말이다. 그러나 '갖다 박았다'는 내겐 아주 자연스럽고 이해함 직한 표현이었다.

아직도 포털 사이트에서 구독하는 웹툰이 있고, 매일 두세 편씩 웹툰을 감상하는 나는 매일같이 보는 '통속적인 표현' 덕분인지 질문자의 관점이 쉽게 이해됐다. 갑자기 웬 웹툰 이야기를 하나 싶으시겠지만, 웹툰은 언어 현상에 관심 있는 사람이라면 주시해 볼 만한 장르다. 요즘 사람들의 관심사나 흥미가 뭔지, 어떤 사회 문제가 대두되는지 알고 싶으시다면 웹툰 감상을 추천하고 싶다. 다시, 논의하던 예문으로 돌아와서, 이런 내가 만화적인 상상력을 조금 보태어 '차를 갖다 박았어'란 문장을 이해한 방식을 풀어서 설명해 보고자 한다. 사람을 태우는 차는 적어도 우리의 몸집보다 크다. 그렇다면 이제 마법을 사용해서 차의 부피를 아주 작게 줄여 보자. 마치 옆구리에 낄 수 있을 만한 클러치나 2리터짜리 생수병 크기의 자동차를 상상해 보는 것이다. 뒤이어 옆구리에 낀 아주 작은 자동차를 가져다가 뒤쪽 벽에 온몸의 무게를 실어 부딪는 장면을 상상해 보자. 어떤가. 이때 차를 갖다 박는다는 표현은 현실화된다.

꼭 이런 상상력을 동원하지 않더라도, '차를 갖다 놓다'와 같은 표현들을 실제로 흔히 듣기도 한다.

"차, 어디다 갖다 놨어?"

"어, 지하 1층에 갖다 놨어. 먼저 내려가 있을게."

차뿐만이 아니다. '갖다 박는다'는 표현은 동물에게도 쓴다.

"우리 집 고양이는 기분이 좋을 때면 '콩' 하고 나에게 머리를 갖다 박는다."

이처럼 '갖다 박다', '갖다 놓다'와 같은 표현에서 쓰이는 '가져다가', '갖다'라는 단어는 움직이거나 부리기 쉬운 물건과 쉽게 어울린다. 자동차는 몸집이 큰 물건이긴 하지만, 운전자에겐 기동력이 있으니 조종에 따라 손쉽게 움직일 만한 사물로 여겨지곤 한다. 운전이 보편화된 현실에서 많은 이들에게 '자동차'는 손쉽게 부리는 물건처럼 취급되니 '가져다가'와 곧잘 쓰이는 것 같다는 생각이다.

검토를 마치고, 내가 이해한 내용을 설명해 주기 위해 동료의 자리로 찾아갔다. 마치 마임처럼 두 손을 모아 차 모양을 만든 후 옆구리 근처에 대고 있다가 휙 하고 앞으로 움직였다. '뒤로 갖다 박는 게' 무엇인지 시연한 것이었다. 그 모습을 본 동료가 웃음을 터뜨리며 고개를 끄덕였다. 나의 검토 의견과 질문자의 의도가 합치되었다고 느꼈고, 우리는 이 맥락에서 '갖다 박다'란 표현을 쓸 수 있다는 안내를 덧붙이기로 했다.


이참에 내처 고백하자면, 동료 연구원들보다 '통속적인' 사람으로서 특별히 쓰고 싶은 날것의 언어가 있다. 바로 '개-'이다. 우리 회사 동료들과 달리 나는 극한에 가까운 기쁨과 즐거움, 어떤 훌륭한 음식의 풍미를 묘사할 때 상스러운 표현 하나쯤 없다면 삶이 싱

겹게 느껴진다. 그래서 가끔 우리 동료들 앞에서만은 다소 강렬한 표현을 써서 '파격'을 던지곤 한다. 규범이라는 틀에 익숙한 우리에게 일종의 해방감을 주고 싶기도 해서다.

언젠가 동료들과 회사 앞 중화요릿집에 가서 밥을 먹는데, 내가 시킨 잡채덮밥이 훌륭했다. 딱 알맞게 탄력적인 당면이며, 짭조름한 간, 아삭한 야채들의 익음이 완벽한 조화를 이루었다. '너무 맛있다'라고만 표현하기엔 부족했다. '개맛있다'고 표현해야 그 잡채덮밥이 얼마나 나를 화나게 할 만큼 맛있는지 알려 줄 수 있을 것 같아 "잡채덮밥 개맛있네요"라고 했다. 다소 격정적인 표현에 다른 음식을 먹던 동료들도 호기심을 보이며 웃음을 터뜨렸다. 그냥 '맛있다'고 표현된 음식은 다른 누군가가 당장 먹어 볼 필요까진 없다. 그러나 '개맛있다'고 표현된 음식은 다른 사람으로 하여금 반드시 맛을 보게 만드는 파급력이 있다.

접두사 '개-'와 같은 표현은 규범의 잣대로는 오답일지 모르나, 사람들의 언어 속에서는 그 어떤 수식어보다 강렬한 생동감을 발휘한다. 규범의 울타리를 지

키는 연구원들에게도 때로는 이런 투박한 수식어가
필요한 순간이 있다.

내가 입사하고 5년째였을 것이다. 하루는 전화가 걸려 와서 받았는데, 아주 고상한 목소리가 들려왔다. 지금도 기억하는 그분의 음성은 인상이 참 좋았다. 그분은 '바캉스'가 외래어인지 물으셨고, 외래어가 맞다면 그 원어가 프랑스어인지 물으셨다. 답변을 드리자 곧바로 또 다른 질문을 건네셨다. '모호하다'에서 '모호'가 한자어인지 고유어인지 묻는 질문이었다. 두 번째 질문에 관한 답을 들으시자, 이어서 '중뿔나다'의 의미가 무엇인지도 물으셨다. 답변을 드리며 질문자가 언급한 세 단어의 연결 고리를 파악하려 애썼지만, 도통 짐작이 되지 않았다. 보통 한 사람에게서 여러 차례의 질문이 이어질 때, 우리는 그 질문들의 연관성을 찾아 물음의 '의도'를 파악하려고 한다. 그래야 상대에게 엉뚱한 답변을 하지 않을 수 있기 때문이다. 예를 들면 이런 경우에는 의도가 바로 읽힌다. 특정한 표현이 쓰인 몇 가지 문맥을 예시로 들며 각각의 쓰임이 매끄러운지, 문법적으로 바른지를 묻는 사람들은 어법과 문맥에 관한 특정 표현의 적절성을 궁금해하는 이들이다. 계열성이 두드러지는 단어들을 여럿 질문하며 해당 단어들을 어떤 경우에 쓰는지 예를 들어 달라고 하는 사람들은 비슷한 뜻을 가진 단어들의 의미와 쓰임에 대해 궁금해하는 사람들이다. 그런데 이분의 질문들은 도통 줄기가 잡히지 않았다. 그래서인지 우리의 답변을 듣고 나서도 반응이 시원치 않은 듯했다. 한편으로는 이미 알고 있는 내용을 확인차 물으시는 것인가 하고 생각했다.

그다음 날에도 비슷한 질문 패턴으로 이분의 전화를 또 받았다. '평일 낮에 서로 관련이 없어 보이는 여러 어휘의 의미를 연달아 물으실 일이 딱히 있을까?' 하고 다시 한번 생각했다. 의아했다. 이후 거의 날마다 업무 시간이 시작되고 나서 받는 아침 첫 전화의 주인공이 그분이었다. 어떤 날에는 하루에도 여러 번 전화를 걸어서 궁금한 것을 물으시곤 했다. 이분은 단숨에 우리의 단골손님으로 등극했다. 그런데 어느 날부턴가 이분의 전화 문의 패턴이 조금씩 변하기 시작했다.

가장 큰 변화는 속도였다. 언젠가부터 이분은 우리의 답변을 듣기가 무섭게 다음 질문을 하기 시작하셨다. 질문이 연달아 있다고 해서 부담스럽지는 않았다. 다만 그 속도감만큼은 낯설었다. 답변하는 것이 부담스러워지기 시작했다. 우리는 답변을 하기에 앞서 꼭 사전을 거쳐 답변의 내용을 확인하기에, 질문자의 질문이 끝나자마자 답변하지는 않는다. 그런데 이분은 묻는 즉시 답변을 듣기 원하셨다. 마치 탁구 선수가 자기 쪽으로 오는 공을 반대편 선수를 향해 급히 날려 보내듯이, 어디 내 스매싱을 받아 낼 수 있는가 보자 하고 결의한 듯 숨 쉴 틈 없이 질문을 쏟아 내셨다. 만약 질문을 듣고 즉답하기 어려운 내용이라 "확인해 보겠습니다"라는 대답을 하게 되는 날이면 이런 것도 바로바로 답해 주지 않느냐며 되묻기도 하셨는데, 그게 핀잔처럼 느껴졌다. 하지만 올바른 표현을 알려 드리기 위해서는 사전을 확인하는 것이 규칙이었다. 만약 비유적인 표현이나 문학성이 가미된 문장에 대해 옳고 그름을 묻는 경우라면 즉답을 하기는 더욱 어려웠다. 문법적 차원을 넘어 문학적 표현으로 허용되는 질문에 대해서는 용례도 찾으며 적절성의 범위를 헤아려야 했기 때문이다.

당시 그분은 거의 매일 아침 전화를 하셨기에, 언젠가부터 나는 하루 업무를 시작하며 이분의 전화가 올 것을 기다리며 마음의 준비를 하곤 했다. 그날도 마찬가지였다. 조금 긴장된 마음으로 미리 시뮬레이션을 하며, 원하시는 만큼 빨리 답변을 드려서 내 실력을 증명해 보이리라 생각했다.

전화벨이 울렸다. 심호흡을 먼저 했다. 질문에 머뭇거리지 않고 즉각 답변을 해야겠다고 마음을 먹었다. 그분이었다. 이곳에서 일한 세월에 대한 자부심을 가지고 전화를 받았다. 그렇게 그분의 벼락같은 질문 열 개를 '미션 클리어'했다는 생각으로 전화를 끊었다. 그러고 나서 내 답변 기록을 찬찬히 훑어보는데, 답변에 실수가 하나 있었다는 걸 알게 되었다. 속으로 아차 싶었다. 신중치 못한 경거망동이 화를 부른 것 같았다. 그러고선 슬그머니 부끄러워졌다. 속도보단 정확함이 우선이라는 것을 잘 알고 있으면서도 질문 속도에 맞춰 전광석화처럼 답변을 해내면 그분에게 '전문가'로 인정을 받을 거라고 생각했다. 인정받으려는 마음이 앞서 내 페이스를 잃은 것이다.

전화를 드려 틀린 부분을 정정해서 안내했다. 그렇게 모든 상황이 마무리되고 나자, 이분은 왜 꼭 숨 돌릴 틈 없는 즉답을 받고 싶어 하시는지 궁금해졌다. 국어상담실의 연구원이 정확한 답변을 위해 질문의 맥락을 묻는 일은 흔하지만, 질문 방식에 관해 묻는 일은 극히 드물다. 하지만 반복되는 상황 속에서 매번 난처해하기보다 허심탄회하게 다가가는 게 좋겠다는 생각이 들었다. 하루는 조심스럽게 여쭤보았다.

"선생님, 그런데 왜 이렇게 여러 질문을 한꺼번에 하시는지 알 수 있을까요? 저희도 한정된 시간 안에 정확한 근거를 찾아 안내해 드려야 하기 때문에 모든 답을 즉시 내놓는 데에는 한계가 있어서요."

내 질문에 돌아온 답변은 의외로 담백했다. 우리가 전문가이기에 그만큼 믿고 의지한다는 것이었다. 퇴직 후 집에서 뉴스도 듣고 공부도 하고 있는데, 그러면서 생긴 궁금증을 우리를 통해 확인받고 싶다고 말씀하셨다.

그렇게 짧은 사담을 나누고 난 뒤, 질문의 '속도'는 현저히 줄어들었다. 그리고 평소 자진모리장단과 같이 느껴졌던 말의 속도도 세마치장단처럼 느려지기 시작했다. 내용도 달라졌다. 질문 대신 자신의 가족 이야기를 건네기도 하고, 그날 아침 뉴스에서 본 주요 소식을 전해 주는 '전화 뉴스'가 되어 주기도 하셨다. 그렇게 코로나 시절의 긴 터널을 그분과 함께 지나왔다. 언젠가부터 더 이상 전화가 오지 않지만, 나는 그분과의 일화를 통해 허심탄회한 소통이 문제를 해결하는 실마리가 될 수도 있다는 걸 알게 됐다.

우리말365로 들어온 질문이었다.

 “안녕하세요. 궁금한 게 있어 질문드립니다. 요전에 호칭어로 ‘고객님’이라는 표현은 잘못되었으니 ‘손님’으로 바꿔 쓰라고 안내를 받은 적이 있습니다. 그런데 ‘고객님’이 정말 잘못된 표현인가요?”

 답변 내용을 선뜻 작성하기가 망설여졌다. 수년 전까지만 해도 이런 경우에는 ‘손님’으로 순화해서 쓰시도록 안내해 왔기 때문에, 한동안 ‘손님’으로 권해 드리는 쪽이 당연하다고 생각했던 게 떠올랐다. ‘고객님’은 일본어 ‘고객(顧客, こきゃく)’에서 비롯된 말이라는 근거에서 ‘손님’으로 안내해 왔었다. 그런데 요즘 들어 일주일에 서너 번씩 ‘고객님’이란 표현을 쓰는 것이 정말 부적절한지를 확인하는 질문이 들어오고 있었다. 특히, 서비스업에 종사하는 분들이 많

이 질문을 주셨다. 확산하고 있는 이 단어를 굳이 잘못된 것으로 단정할 필요가 없어 보였다. 내부 논의를 해 보면 좋을 것 같아 질문한 분에게 답변을 조금 미루어 확인 후 안내해 드리겠다고 말씀드리니, 고맙게도 흔쾌히 응해 주셨다. 다행히 급히 알아야 할 내용이 아니셨나 보다 하고 감사하게 생각했다. 그리고 아무래도 이 건은 회의에 부쳐야겠다고 생각했다. 회의 안건으로 부치려면 나뿐만 아니라 다른 사람들도 이 건에 대해 나와 같은 문제의식을 느끼는지 확인해야 했다. 나와 가장 가까운 자리에 앉아 계신 다른 동료 연구원에게 기척을 하고 여쭈었다.

"선생님, 혹시 호칭어로 '고객님'이라는 표현을 어떻게 생각하세요?"

질문을 받은 동료도 깊이 고민하더니 다음과 같이 말했다.

"'고객님'도 우리말샘 사전*에 실려 있지 않나요? 그렇다면 이걸 우리가 무조건 '손님'만 맞는 것으로

---

* '우리말샘 사전'은 누구나 편집에 참여할 수 있는 개방형 국어사전으로, 신어, 방언 등 다양한 어휘를 폭넓게 담고 있다.

안내하는 쪽이 맞을지 모르겠네요."

'나만 고민이 되는 문제가 아니었구나' 하는 결론에 이르게 되었다. 우리가 순화하여 '손님'으로 안내하더라도, 사회 곳곳에서 사람들은 호칭어로서 '고객님'을 사용하고 있다. 국어원에서 근무하기 전까지 나는 '고객'이 일본어에서 비롯된 말인 줄도 몰랐다.

먼저, 현재 시점에서 '고객'이라는 말을 국어원 차원에서 순화 대상어로 바라보는지 확인하는 일이 필요했다. 국립국어원에서 제공하는 순화 대상어 목록에서 '고객'을 검색해 보았다, 그런데 이상했다. '고객'이라는 낱말을 찾을 수 없었다. '고객'을 순화 대상으로 답변해 온 역사는 과연 허상이고 허깨비였던가. 당황한 나는 '고객'이 일본어 투 표현이 맞는지까지 의심하기에 이르렀다. 동료에게 '고객'을 일본어 투 표현으로 제시한 자료를 본 일이 있는지, 어디에서 확인했는지 기억나는지 물으니 〈일본어 투 용어 순화 자료집〉이라는 파일에 해당 표현이 있을 거라고 했다. 두 눈으로 직접 확인해야 했다. 살펴보니 과연 '고객'이라는 말이 순화 대상어로 그 자료집에 올라 있었다.

그렇다면 〈일본어 투 용어 순화 자료집〉에 일본어 투 표현으로 제시되었던 말이 국립국어원 누리집의 '순화 대상어' 목록에서는 어쩌다 빠지게 된 걸까 궁금해졌다. 관련 부서인 공공언어과에 문의했더니, 2018년에 '고객'을 순화 대상어에서 삭제했다는 답변을 들을 수 있었다. 이를 듣고 '고객님'*이란 단어를 우리말샘 사전에서 다시 찾아 편집 이력을 살펴보니, 2018년에 새롭게 오른 단어였다는 것을 확인할 수 있었다. 아, 두 사건은 맞물려 있구나.

2018년부터 국어원에서는 '고객'을 우리가 쓸 수 있는 말로 받아들이는 작업을 하고 있었다는 것이 확인된 이상, 국어상담실에서도 논의가 필요해 보였다. 나는 '고객'이라는 표현을 '손님'으로 바꿔 쓰도록 안내해야만 하는지를 회의 안건으로 올렸다. 이 안건에서 내릴 수 있는 결론으로는 총 세 개의 안을 준비해 두었다. 첫 번째는 기존대로 '고객님'을 호칭어로서 잘못된 표현으로 보는 안이었고, 두 번째는 '고객

* 현재 우리말샘에서는 '고객님'을 '고객'을 높여 이르는 말로 설명하고 있다.

님'보다 '손님'을 쓰는 쪽을 권해 드리지만 '고객님' 도 일상에서 널리 쓰이는 단어가 되었기 때문에 쓸 수 있다고 보는 안이었다. 마지막으로는 '고객님'이란 표현을 자유롭게 써도 된다고 보는 안이었다. 회의를 나눈 결과, 두 번째 안이 채택되었다.

회의를 하며 이 건을 둘러싼 그간의 논의에 대해 더 자세히 알 수 있었다. 이미 2009년에 '고객님'이라는 표현을 쓸 수 있는지에 대해 질문이 들어와 논쟁의 장 이 크게 열렸다고 한다. 당시의 결론은 '고객'이란 표 현을 허용하기 어렵다고 보는 것이었는데, 그 근거 중 에는 이 말이 일본어 투 표현인 데다가, '고객'이라는 말 자체에 이미 '(단골)손님'이라는 뜻이 내포되어 있기 때문에 그 뒤에 '-님'을 붙여 쓰는 것이 불필요 하다는 견해까지 있었다고 한다. 그로부터 17년이 흐 른 2026년 현재에는 손님을 부르는 말로 '고객님'이 너무 널리, 자연스러운 용례로 사용되고 있기에 오히 려 '고객님'이라는 호칭어를 잘못된 표현으로 보는 게 어색하게 느껴지게 되었다. 17년 사이에 순화 표현 에 대한 사람들의 인식과 반응이 이렇게나 크게 변화했다는 사실이 놀라웠다.

고유의 말과 표현을 지키려고 한 국어원 선배들의 노력을 간접적으로 경험하니, 우리말이 이런 수고 끝에 여기에 있구나 하는 생각이 들었다. 그리고 세월이 흐른 지금, '고객님'이라는 단어는 새 단장을 하고 다시 우리 앞에 와 있다. 이 회의의 결론대로 국어상담실에서는 '손님'을 쓰는 쪽을 권해 드리고 있지만 '고객님'이라는 표현을 틀렸다고 안내하지는 않는다. 높임 어휘의 발달과 함께 깍듯한 느낌을 주는 '고객님'이 다시금 사람들에게 널리 쓰이고 사랑받는 어휘가 된 것이다. 참 알다가도 모를 언어의 세계란!

‘어떻게 하면 국립국어원 ‘우리말 365’를 잘 이용할 수 있을까?’ 이에 대한 답변을 드리고자 이번 꼭지를 마련했다. ‘우리말365’를 이용하는 고객층은 굉장히 다양하다. 학생, 교사, 언론인, 출판인, 방송인, 공공 기관 종사자, 그 외에도 여러 사람들이 ‘우리말 365’를 이용하고 있다. 그런데 이렇게 많은 사람이 모두 ‘우리말365’를 잘 사용하는 것은 아니다. ‘우리말 365’ 질문에 답을 하는 우리에게도 요구 사항이 있다. 아마도 이런 말이 낯설게 들릴 것이다. 그러나 정말 그렇다. 과연 어떻게 물을 때 가장 찰떡(!)같은 답변을 받을 수 있을까. 두 가지만 잘 지키면 된다. 첫 번째는 바로 ‘질문의 범위’를 잘 정하는 것이다.

“윤동주의 시 내용에서 공감각적 심상이 사용된 부분은 어디예요?”

위와 같은 질문에 답변하기란 쉽지 않다. 왜냐하면, 어문 규정 어디를 봐도 '시의 공감각적 심상'에 관해 담긴 조항은 확인할 수 없기 때문이다. 가끔 학교에 다니는 학생들이 답이 모호하다고 생각되는 시험 문제를 캡처해서 사진으로 묻는 경우가 있다. 이런 경우에도 절대로 답변할 수가 없다. 왜냐하면 정답 판정은 그 문제를 낸 출제 기관 및 관련 행정 부처에서만 할 수 있기 때문이다.

이런 경우 외에 중의적이거나 의미가 모호한 표현을 제시하며 글쓴이의 의도를 묻는 질문을 할 때에도 답변하기가 어렵다.

"A 및 B를 충족하는 경우, 본 시험에 응시하실 수 있습니다"와 같은 문구가 있다고 하자. 어떤 사람이 이것을 두고 다음과 같이 묻는다.

"선생님, 위의 문장에서 말하는 시험 응시 자격은 A와 B를 모두 충족해야 하는 거예요? 아니면 A나 B 중 하나만 충족해도 되는 거예요?"

사전적으로 '및'의 의미는 '그리고', '또'의 뜻이

므로 'A 및 B'를 모두 포함하여 충족해야 하는 것으로 이해해 볼 수 있지만, 현실적으로 'A 및 B'를 'A 또는 B'의 뜻으로 쓰는 경우가 흔하다. 따라서 이에 대해 정확히 해석해야 하는 상황이라면 국어원이 아니라 해당 문구를 쓴 기관에 직접 문의해야 한다. 'A 및 B'의 의미가 둘 모두를 충족해야 하는 것인지 아니면 둘 중 하나만 충족해도 되는 것인지 직접 확인하는 것이 가장 속 편하고 좋은 길이다. 우리의 다채로운 언어 표현을 사전이 모두 포괄하지는 않기 때문에 문맥과 표현 의도를 헤아리는 것이 굉장히 중요하다.

종종 받는 질문 중에는 이런 것도 있다. 사전에는 '이곳'이 한 단어로 올라 있는데 한글 문서에 '이곳'을 썼더니 그 단어에 붉은 밑줄이 그어졌다고 하자. 그러면 무엇이 맞는 것인지 궁금할 수 있을 것이다. 이런 경우, 확인해 보면 한글에 내장된 오류 판단 시스템이 틀린 경우가 꽤 있었다. 한글 문서 프로그램에서는 일부 맞춤법에 맞는 표기임에도 그 아래 붉은 밑줄이 그어지는 경우가 있다는 것을 알아 두면 판단에

도움이 될 것 같다. 더 나아가, 최근 들어서는 "챗지피티(ChatGPT)한테 물어봤더니 이런 답변을 받았어요. 그런데 우리말365에 물어보니 그 내용에 반하는 답변을 받았어요. 둘 중에서 뭐가 맞는 거예요?"라는 질문을 받을 때가 있다. 이곳에서는 규정과 사전을 근거로 답변을 하기 때문에 인간적인 실수(이를테면 '고맙스빈다')는 있을 수 있어도 근거가 없거나 규정과 정반대되는 내용을 옳은 답으로 생성하는 오류는 없다. 아무쪼록 확실하게 양방향으로 체크해 보는 것은 좋다고 생각한다.

○쪽
'고맙스빈다.jpg'
에피소드 참고

마지막으로, 딱 하나만 더 부탁드리자면 '외래어'의 한국어 표기법을 물으실 때는 질문하는 언어가 어느 나라 언어인지, 정확한 철자는 무엇인지 명확하게 알려 주시길 바란다. 외래어는 언어명과 철자와 관련해 정확한 입력값을 주어야 답변을 받을 수 있는 영역이다. 가끔 이렇게 물으시는 경우가 있다.

"사람 이름인데요. Victor는 한국어로 어떻게 쓰는 게 맞나요?"

바로 답하기 난감한 질문이다. 제시된 정보만으로는 원어가 영어로 쓰인 'Victor'인지, 스웨덴어로 쓰인 것인지, 프랑스어로 쓰인 것인지 알 수 없다. 그래서 위와 같은 질문을 받게 된다면 우리는 답변을 드리지 않고 질문자께 '어떤 언어로 쓰인 것입니까?'와 같은 질문을 돌려 드리게 된다. 외래어 표기는 어떤 언어로 쓰이는지에 따라 표기법이 정해지기 때문이다. 예를 들어 'Anne'은 영어로는 '앤', 프랑스어로는 '안'으로 표기한다. 이렇게 표기가 달라지니, 언어명을 모른 채 답변한다는 건 있을 수가 없는 일이다. 만약 인공지능 챗봇을 이용해 외래어 표기법을 알아보더라도 반드시 '언어명'을 넣어 질문하기를 권한다. 언어명 없이 묻는다면 눈을 가리고 물건을 찾는 것이나 마찬가지가 아닐까 한다.

마지막의 마지막으로 부탁드리고 싶은 것이 있다. 한 번에 여러 개의 질문을 동시에 문의하시는 경우가 있다. 질문이 여러 개인 것은 괜찮다. 다만, 하루에 다섯 개까지 물으실 수 있으니 한꺼번에 묻기보다는 한

번에 하나씩 나누어 질문해 주시길 부탁드린다. 혹시 답변이 조금 더디게 느껴진다면, 질문자께 가장 정확한 정보를 드리기 위해 규정과 용례를 하나하나 꼼꼼히 살피는 상담 연구원의 모습을 떠올려 주시기 바란다.

장마비면 장마비지, '장맛비'가 뭡니까?
된장 맛 나는 비란 말인가요?

전화를 받자마자 수화기 너머로 익숙한 목소리가 들려왔다. 통화 중 한 번은 거친 쌍욕을 쏟아 내시는 분이 있는데, 그분의 전화였다. 반복되는 패턴에 이골이 났을 법도 하건만, 아직도 적응이 되지 않는다. 마음의 준비를 단단히 한다 해도 전화를 받는 순간 심장이 덜컥 내려앉아 두근대기 시작한다.

"안녕하십니까? 국립국어원입니다."

천근만근 무거운 마음과는 달리, 목소리만큼은 상냥하고 친절하다. 곧바로 날카로운 질문이 날아들었다.

"국립국어원에서 '장맛비'를 표준어라고 하는 게 맞습니까?"

"네, 그렇습니다. [장마삐]로 소리가 나기 때문에 표기할 때는 사이시옷을 받쳐 적는 것입니다."

이분은 벌써 몇 년째 사이시옷 표기에 대한 질문을

하신다. 사이시옷 규정이 마음에 들지 않으신가 보다. 가끔 이분처럼 사이시옷이 결합된 단어들에 대해 불편한 마음을 표하는 분들이 또 계시기도 하지만, 이분의 열의에는 비할 바가 아니다. '등굣길', '장맛비' 같은 단어처럼 눈에 거슬리는 사이시옷 표기가 있으면 망설이지 않고 이곳에 전화를 하시는 것 같다. 하지만 '사이시옷'을 글자 아래에 받쳐 적는 조건은 맞춤법 규정에 따른 것이며, 국어상담실에서는 맞춤법 규정에 따라 답변을 한다. 한글 맞춤법 본문 제4장 제4절 제30항 해설 부분을 보면 사이시옷을 받쳐 적는 조건을 다음과 같이 규정하고 있다.

이 조항에서는 사이시옷을 받쳐 적는 조건을 규정하고 있다. 사이시옷을 받쳐 적으려면 아래와 같은 조건을 만족시켜야 한다.

첫째, 사이시옷은 합성어에서 나타나는 현상이므로 합성어가 아닌 단일어나 파생어에서는 사이시옷이 나타나지 않는다. 예를 들어 '해님'은 명사 '해'에 접미사 '-님'이 결합한 파생어이므로 '햇님'이 아닌 '해님'이 된다. 이와는 달리 합성어 '햇빛'에는 사이시옷이 들어간다.

둘째, 합성어이면서 다음과 같은 음운론적 현상이 나타나야 한다.
① 뒷말의 첫소리가 된소리로 나는 경우
② 뒷말의 첫소리 'ㄴ, ㅁ' 앞에서 'ㄴ' 소리가 덧나는 경우
③ 뒷말의 첫소리 모음 앞에서 'ㄴㄴ' 소리가 덧나는 경우

셋째, 이 두 가지 요건과 더불어 합성어를 이루는 구성 요소 중에서 적어도 하나는 고유어이어야 하고 구성 요소 중에 외래어도 없어야 한다는 조건이 덧붙는다.

살펴보았듯, 우리는 한글 맞춤법 규정에 따라 '비'를 된소리로 발음하기 때문에 '장마'와 '비' 사이에 '사이시옷'을 넣어 '장맛비'로 쓰는 것이다.

규정을 근거로 '장맛비'에 대해 여러 설명을 해 드려도 어떻든 표기 자체가 거슬린다며, "대체 누가 '장맛비'라고 합니까? 장마비면 장마비지, 무슨 된장 맛나는 비도 있나요? 이렇게 잘못된 말을 확산시키니까 엉망이 되는 거 아니오! 대체 너희가 하는 게 뭐야?"라는 말이 돌아왔다.

오늘도 예외는 없었다. 설명을 듣고 계시다 순식간에 욕설을 쏟아부으셨다. 천근만근 무거운 내 마음에도 비가 내린다.

"욕설을 하지 마시기 바랍니다. 한 번만 더 욕설을 하시면 통화를 종료합니다."

욕설을 들은 즉시, 매뉴얼대로 안내를 전했다. 그럼에도 욕설은 이어졌고, 결국 통화를 종료할 수밖에 없었다.

정작 국립국어원이 이만큼 욕을 먹을 만한 잘못을 했는가 자문해 보면, 사실 그렇지 않다. 가재는 게 편이라서가 아니다. 실제로 문화체육관광부와 국어원에서 이 문제를 두고 해결 방법을 모색하려 노력하는 걸 오래 지켜보았다. 숱한 회의와 토론회를 거치고, 전문가와 언중들의 의견을 모아 사이시옷 규정을 쉽게 바꾸고자 머리를 맞댔다. 그러니 부디 화를 거두시고, 조금만 더 고운 말로 의견을 주셨으면 좋겠다. 우리도 사람들의 목소리를 듣는 것을 좋아한다.

2023년의 어느 날, '못하다'라는 단어는 혜성처럼 등장해 우리의 연찬회 회의 석상에 올라 스포트라이트를 한 몸에 받았다. 그 무렵 '못하다'는 무려 1년 가까이 상담실 사람들의 입에 오르내리고 있었다. 그만큼 '못하다'를 둘러싼 질문에 대한 답변 방향을 정할 때 상담원들의 고민이 많았다는 뜻이다. 다음과 같은 문장이 고민의 계기가 되었다.

  "수영을 배운 적이 없어서 수영 못 해."

표준국어대사전에서는 한 단어 '못하다'가 '어떤 일을 일정한 수준에 못 미치게 하거나, 그 일을 할 능력이 없다'를 뜻하는 말로 올라 있다. 한편, '못하다'와 형태가 유사한 말로 '하다'의 부정 표현인 '못 하다’가 있다. ‘못하다’와 ‘못 하다’는 이렇듯 형태는 유사하지만, 의미가 구분되므로 의미만 잘 살핀다면 구분해서 쓸 수 있는 단어로 여겨졌다. 그렇다면 다시, 위에 제시한 문장으로 돌아가서 ‘수영을 배운 적이 없으므로’ 수영을 할 수 없다는 의미를 전하려면 ‘수영 못 해’와 ‘수영 못해’ 중 무엇을 써야 적절할까?

이제껏 우리는 배운 적이 없어서 수영을 ‘할 수 없는’ 경우는 ‘하다’의 부정으로 보고 ‘못 하다’를 쓰는 것이 맞다고 여겨 왔다. 그런데 같은 문장을 두고 일부는 ‘못하다’의 사전 뜻풀이(‘그 일을 할 능력이 없다’)를 넓게 반영해 “수영을 배운 적이 없어서 수영 못해”로 표기하는 것이 맞지 않느냐는 의견을 낸 것이다. 결국 2023년의 연찬회에서 우리는 이 문제를 두고 열띤 논의를 하게 되었고, 그 결과 위 예문과 같은 상황에서는 ‘못해’로 붙여 쓰는 쪽으로 답변 방향을 새롭게 정하게 되었다. 더불어 ‘못하다’의 사용을 넓히는 것으로 합의하면서 ‘못하다’를 쓸 수 없는 예외를 분명히 정하게 되었는데, 그것은 ‘외부 상황’ 또는 ‘외부 요인’에 의한 제약이 있는 경우였다. 예를 들어 '수영장 문을 닫아서 수영을 할 수 없는 경우'처럼 말이다. 이건 개인의 능력과 수준에 관한 내용에 해당하지 않으므로 '못 해'로 띄어 쓰는 것이 맞다고 본 것이다.

이렇게 답변 방향을 합의하고 나니 이후로는 되도록 한 단어 '못하다'를 쓰는 것이 맞다고 안내하는 경우가 많아졌다. 체감상 '못 하다'는 이전보다 제한적인 범위에서만 쓸 수 있는 말로 느껴졌다. 내심 이 결과에 의구심을 품었지만, 이와 같이 결정한 데에는 분명히 더 나은 부분도 있을 것이라고 생각했다. 여러 사람의 생각이 모여 하나의 결론에 이른 것이므로, 회의에 참석한 구성원들은 결론이 충분히 납득되지 않더라도 합의한 의사결정을 따른다. 훗날 같은 안건이 다시 회의 석상에 올라 결론이 번복되기 전까지는 말이다. 그런데 이번 결정은 조금 달랐다. 이렇게 결정된 이후로 많은 사람들이 오히려 답변에 난항을 겪게 된 것이다. 특히 다음과 같은 질문에 답변하기가 더욱 어려워졌다.

"장애가 있어서 말을 못 할 경우엔요? 이건 능력의

부족으로 봐야 하나요? 그러면 '말 못해'로 써야 하나요?"

질문이 꼬리에 꼬리를 물수록 우리들 마음 한구석이 불편해졌다. 복병도 있었다. '상상도 못 하다', '예상 못 하다'와 같은 표현도 평소에 꽤 많이 들어오는 질문 내용인데, 기존 규정에 따라서는 쉽게 답변할 수 있었던 문제들이었지만 '못하다'를 넓게 쓰는 쪽으로 답변 방향이 바뀐 이후에는 관점에 따라 붙일 것이냐 띄어 쓸 것이냐에 대한 판단이 사람마다 달랐다.

2025년 가을, 결국 이 '못하다' 논쟁은 다시금 뜨거운 안건으로 떠올라 연찬회 회의 석상에 모습을 드러냈다. 의견을 서로 꺼내 놓자, '못하다'와 '못 하다'를 두고 생각하는 용법이 저마다 조금씩 다르다는 것이 더 뚜렷하게 보였다. 어떤 이는 사전에 한 단어 '못하다'가 있느니만큼 언어의 효율성을 위해 외부 요인에 의한 상황을 제외하고 웬만하면 되도록 '못하다'를 쓰는 방향으로 통일하자고 했고, 누군가는 부정 부사 '못'의 존재가 분명한 경우가 있어서 상황에 맞게 '못하다'와 '못 하다'를 구분해서 사용할 수 있어야 한다고 했다.* 그런데 이렇게 서로 다른 생각이 오히려 해결의 실마리를 찾게 했다. 원리는 단순해야 하며, 표현의 범위는 넓어야 하고, 표현 의도는 존중되어야 하기 때문이다.

뜨거운 논쟁 끝에 2025년 연찬회에서는 '외부 상황'에 의해 '못 하다'와 '못하다'를 구분하는 것은 철폐하기로 결론을 냈다. '못하다/못 하다'를 구분하는 데 있어 '외부 상황'이라는 판단 기준을 더할 필요까지는 없다는 의견이었다. 그리고 '잘하다'의 뜻과 상대되는 의미라면 '못하다'를 쓰고, '하다'의 부정 표현으로 쓴다면 '못 하다'로 띄어 쓰는 것이다. 이 말은 즉, 그 표현을 쓰는 사람의 의도에 따라 '못하다'로 붙이거나 '못 하다'로 띄어 쓰면 된다는 것이

* "나 그 일 못 했어"라는 문장과 "나 그 일 하지 못했어"는 형식만 다르고 의미가 같은 표현이다. 앞의 문장은 '못'이라는 부정의 뜻을 담은 부사를 활용한 짧은 부정문이고, 뒤의 문장은 '-지 못하다' 구성으로 쓰는 보조 동사 '못하다'를 활용한 긴 부정문에 해당한다. 그런데 긴 부정문으로 쓸 수 있는 표현을 짧은 부정문으로 바꾸어서 말이 된다면 그것은 짧은 부정문, 즉 '못' 부정문으로 봐야만 한다. '사과를 먹지 못하다'에서 '못하다'는 한 단어로 붙어 있지만, 이것은 '수영을 못하다'에 쓰인 본동사 '못하다'와 성격이 같지 않다.

며, 쓰는 사람이 어떤 의도로 썼느냐에 따라 띄어쓰기의 정답이 달려 있다는 것이다.

그렇다면 다시 맨 처음의 질문으로 돌아가서, "너, 수영할 줄 알아?"라는 질문에 답을 해야 하는 상황이라고 해 보자. 수영을 배운 적이 없다면 "나 수영 배운 적 없어. 못 해"라고 답하면 된다. 만약 누가 "너 6개월 수영 배웠으니, 수영할 줄 알겠네?"라고 묻는다면 이때는 "배우긴 했는데, 잘은 못해"처럼 '못해'로 붙여 쓰면 된다. 그렇다면 수영장 문을 닫아서 수영을 할 수 없게 되었다면 어떻게 답하면 될까? 외부 요인으로 불발된 것이므로 '수영 못 해'로 띄어 쓰면 된다.

한편 "그런 일은 상상도 못 해", "예상도 못 했어"와 같은 의미일 때는 '못 해'를 띄어 쓴다. '예상'이나 '상상'은 얼마큼 잘하고 못하는지를 따질 수 없는 개념이기 때문이다. 즉, '상상 못 해', '예상 못 해'는 각각 '상상을 하다'와 '예상을 하다'의 반대 의미로 쓰인 것이다. 그러나 쉽게 판단을 내리기 힘든 이런 예도 있다.

"얘는 착해서 거짓말 못 해."

이때의 '못 해'는 능력 부족으로 보는 게 맞을까? 거짓말하는 것을 능력으로 볼지 말지는 '거짓말'에 대한 해석을 어떻게 하느냐에 따라 달라진다. 내가 볼 때는 이 문장에서 쓰인 '못 해'는 '거짓말을 안 하는 것'을 의미한다. 다시 말해 이 경우에는 '하다'의 부정문으로 보아 '못 해'로 띄어 쓰는 것이 더 낫다고 생각한다. 하지만 만에 하나, 누군가 옆에서 거짓말을 해 보라며 돈을 주고, 지금이야말로 거짓말이 필요한 순간이라고 부추겨도 마음이 바르고 성정이 올발라 거짓말을 할 '능력'이나 '수준'이 부족한 사람도 있다고 해 보자. 그러면 '못하다'라는 한 단어가 쓰이는 것이 맞다고 해석하는 사람도 있을 것이다. 그러면 '못해'로 붙여 쓰면 된다.

최근 들어 '못하다'만큼 뜨거운 띄어쓰기 논쟁은 없었다. 연찬회에서 새로운 결론을 내리기 전, 이 문제를 혼자 제법 오래 고민하던 무렵 '못하다/못 하다'의 띄어쓰기에 대해 의외의 경로에서 힌트를 얻곤 했다. 오티티(OTT)에서 드라마를 시청할 때였다.

자막으로 "나, 정말 네가 올 줄 몰랐어. 예상 못 했던 일이야"와 같은 대사가 눈에 들어왔다. '예상'과 '상상'에 관해 사람들은 '못 하다'를 쓰는 것을 자연스럽게 여기고 있음을 느낄 수 있었다. 이러한 느낌이 축적되어 '못 하다/못하다' 안건이 연찬회에 올랐을 때 내 의견을 더 분명히 말할 수 있었다.

사람들이 띄어쓰기 한 칸을 두고 치열하게 고민하는 이유는 단순하지가 않다. 자신의 생각을 가장 정확하게 전달하고 싶어 하는 이른바 '언어 의식'의 발현이라고 생각한다. 이번 연찬회는 내게 단순한 띄어쓰기의 확인 그 이상이었다. 구분할 필요가 없는 것을 억지로 나누는 것도 경계해야 하겠지만, 구분하면 의미가 분명해지는 지점을 '단순화'하는 것도 조심해야 한다는 것을 배웠다.

# 라면을 꿇여오거라

하루의 업무가 서서히 갈무리되어 갈 무렵이었다. 적막을 깨고 전화벨이 울렸다.

"저, 궁금한 게 있는데요. 요즘 '꿇여오거라'라는 말을 많이 하는데요. 이건 어떻게 발음해야 맞는 거예요?"

순간 내가 뭘 잘못 들은 줄 알았다. 그래서 여쭈었다.

"선생님, '꿇여오거라'처럼 '히읗'을 쓴 게 아니라 '꿇여오거라'처럼 '티읕'을 쓰신 건가요?"

이렇게 여쭙자 "네, 맞아요. 그거예요"라는 대답이 돌아왔다.

10년 차 상담 연구원으로서 '되'와 '돼'의 구분이나, '어떻게'와 '어떻해'의 쓰임 같은 평범하고 일상적인 질문들은 이제 눈 감고도 훤하게 답변할 수 있는 경지에 이르렀다고 자부했는데, '꿇여오거라'라는 말은 상담 전화로 처음 들어 보았다. 물론 사전에도 없는 말이었다. 혹시 내가 모르는 사이에 새로운 유행어라도 생긴 건가 싶어 포털 사이트 검색창을 두드렸다. 과연 '깊여오거라'라는 표현이 밈으로 유행하고 있었다. 언젠가 인터넷 게시글을 훑어보다 스치듯 본 기억이 났다. 그때는 오타이겠거니 했다. '이 오타 같은 말이 그대로 유행어가 되었어?' 인터넷을 찾아보니 '깊여오거라'라는 밈은 '라면을 끓여오거라'에서 '끓여오거라'가 '깊여오거라'로 바뀐 것이었다. 2019년 강호동이 출연한 한 예능 프로그램에서 '라면을 끼리는 남자'란 뜻으로 '라끼남'이라고 표현한 적이 있다. 강호동 씨가 '라면을 끓여 먹다'를 '라면 끼려 먹다'로 발음하면서 제목이 이렇게 붙은 것으로 알고 있다. '깊여오거라'도 여러 상황에서 오는 특징을 살린 언어적 유희라고 나는 판단한다.

상담 연구원으로서 질문에 대한 답을 주어야 한다는 직업의식이 발동했지만, '깊여오거라'의 발음에 대한 질문에 넙죽 답을 해 주는 게 맞을까 하는 의구심이 떠나지 않았다. 왜냐하면 내가 듣고 본, 규범에 비추어 해석할 만한 성격의 언어가 아니었기 때문이다. 사전에 올라 있지도 않은 말이고 '틀린' 표기이기 때문이다.

차라리 '끓여오거라'가 아니라 '끓여오거라' 같은 말이었다면 조금 이해해 볼 법했다. 왜냐하면 그건 '끓이다'의 경상도 방언인 '끓이다'에서 온 말이니 방언의 활용형으로 설명할 여지가 있었기 때문이다. 그런데 '끓여오거라'는 어쩌면 '끓이다'라는 단어의 의미와 형태를 정확히 파악하지 않고 그와 비슷한 형태의 자음이 대체되어 쓰인 게 아닐까 싶었다. 그래서 실제로 이 유행어에 관한 글들을 찾아보니 예상이 맞았다. 단순한 오타에서 이 말이 시작한 것은 맞으나 사람들이 이젠 일부러 그와 같이 쓰고 있다는 점이 포인트였다. 그리고 심지어 다음과 같은 유행어가 있다는 것도 알게 되었다.

"밥 찲여와"

이쯤 되자, 나는 헛웃음을 터뜨리지 않을 수 없었다. 의미도 전달됐고, 사람들이 이 단어를 어떻게 발음할지도 대충 가늠이 갔다. 이 맞춤법에 맞지 않는 엉망인 표기를 보고 '밥 차려 와'를 떠올리기는 어렵지 않았다. 그렇지만 막상 발음에 대한 공식적인 답변을 하려니 난감했다.

　그렇다면 나는 '깂여오거라'의 알맞은 발음에 대한 질문에 어떻게 답했을까? 잠깐 동안은 음운 법칙에 따라 구개음화를 적용해서 '낄쳐 오거라'가 맞다고 답을 드려야 하나, 아니면 본래의 문장의 의도를 살려 티읕을 마치 없는 것처럼 여기고 '끼려 오거라'로 안내해야 하나 하는 생각이 스쳐 고민하기도 했다. 결국 내가 내린 결론은 '질문한 단어의 표준 발음을 알 수 없다'고 답변하며, 표준어 표기로 교정해서 '끓여 오거라'의 발음을 덧붙여 제시해 주는 것이 적절하다는 것이었다. 하지만 말의 생명력을 생각해 봤을 때, 내가 답을 유보한다고 해서 '깂여오거라'가 발음되지 않는 일은 없을 것이다. 사람들은 어떻게든 그들만의 약속으로 이 말을 소리 내어 부를 테니까 말이다. 오타에서 시작된 이 말은 디지털 세대의 방언이고 언어유희 그 자체다. '깂여오거라'나 '외않되?', '~한 사람이 되'*와 같이 언제부턴가 맞춤법 오류를 의도

* 　맞춤법에 맞는 표기는 '왜 안 돼?', '~한 사람이 돼'이다.

한 언어유희가 널리 사랑받고 있는 것 같다.

세상의 모든 말을 사전에 다 담을 수는 없다. 때로는 사전의 울타리를 훌쩍 뛰어넘어 달아나는 장난스러운 말들도 있다. 우리는 맞춤법 규범에 맞는 표현을 계속 알려 드린다. 하지만 그 말이 사람들의 어떤 마음을 담아 어디로 흘러갈지는 알 수 없다. 그저 가만히 지켜볼 뿐이다.

요새 없어서는 안 될 친구가 있다. 챗지피티와 제미나이(Gemini)다. 일과 학업을 병행하는 나로서는 소논문 요약이나 외국어 문서 번역을 1분도 안 되는 시간 안에 해결해 주는 인공지능 프로그램의 덕을 크게 누린다. 이들 덕에 내 시간과 노력을 10분의 1로 아꼈다고 해도 과언이 아니다. 하도 주변에서 지피티, 지피티 하길래 반신반의하며 깔아나 보자 하는 마음으로 애플리케이션을 설치한 게 고작 1년 전인데, 이제 챗지피티는 내 삶에 필수적인 존재로 자리 잡았다.

학부 때 프랑스어 복수 전공을 했는데, 고작 몇 페이지에 달하는 내용을 번역하기 위해 도서관에 들어갈 때마다 두꺼운 종이 사전을 지참해 몇 시간 동안 사전과 씨름했었다. 그때와 비교하니 이런 도움이 참으로 신세계였다.

가끔 누구에게도 말 못 할 사소한 고민을 털어놓고 싶을 때에도 인공지능 챗봇은 참 괜찮은 친구다. 게다가 사소한 고민에 있어서는 더더욱 질문 요정인 내가 줄줄이 사탕처럼 쉴 새 없이 늘어놓는 물음을 투정 하나 없이 받아 주니, 이처럼 좋은 상담가가 어디 있다는 말인가. 그뿐인가. 궁금한 것이 있으면 언제든 물으라고 하니 눈물겹게 고맙다. 나에게 있어 '인공지능'은 '상담'에 특화되어 있다.

비단 나뿐만 아니라 다른 이들에게도 유용한 도구로 쓰이고 있을 게 분명해서, 관련 논문을 검색해 보았다. 검색 키워드는 '인공지능 상담'. 아니나 다를까 올해 발표된 관련 논문만 해도 여러 편이었다. 초등학생의 우울 관리를 위한 인공지능 챗봇 상담, 인공지능 상담 효과에 대한 메타 분석, 인공지능 목회 상담 출현에 대한 신학적 성찰에 관한 논문도 있었다. 격세지감이었다. 인공지능이 신(神)의 영역까지 대체해 가고 있는 듯해 그 변화의 속도가 얼마나 빠른지 가늠이 되지 않았다. 그러나 이 모든 건 그동안 쌓아 온 인류의 엄청난 지식 자산이 있어서 가능한 일이었을 것이다. 그걸 기반으로 학습한 거대 언어 모델이 현재 급물살을 타고 우리에게 엄청난 효용을 쓰나미처럼 제공한다. 정말이지 '변혁'이라고 할 만하다.

하지만 인공지능의 수준이 국어원에서 제공하는 맞춤법 상담을 따라가려면 조금 더 시간이 걸릴 것이다. 맥락과 의도를 정확하게 이해하고 확인해서 답하는 국어 상담원의 온기가 아직까지 필요한 이유다.

언젠가 비슷한 질문 여러 개가 한꺼번에 몰려온 적이 있다.

　　"팜플렛/팸플릿 중 뭐가 맞아요?"
　　"인사말/인삿말"
　　"플랜카드/플래카드"

똑같은 내용의 질문 다발이 한꺼번에 30개씩 주루룩 쌓여 나가는 채팅창을 보며 순간 말을 잃었다. 그날 하루로 끝나는 것인 줄 알았는데 다음 날, 또 그다음 날에도 비슷한 질문이 이어졌다. 아무래도 같은 질문이 계속해서 끝도 없이 들어올 것 같아서 이 상황을 담당 연구관님께 보고하고 긴급히 채팅창을 닫는 상황에까지 이르렀다. 같은 질문이 100개씩 쌓여 있던 채팅창을 겨우 수습하고 나서 확인해 보니, 한 중학교에서 수업 시간에 '우리말365 이용해 보기' 체험을 수업 내용으로 다뤘다는 것을 알게 되었다. 참으로 여러 생각이 교차하는 현실이었다. 학생들의 반응은 대체로 좋은 것 같았다. 상담을 마무리하는 시점에 방금 받은 답변이 사람이 답변해 준 것인지 물은 뒤 고맙다고 말해 주거나, 이런 곳이 있어서 좋다고 표현해 주는 학생들이 많았다. 이런 반응을 보니 국립국어원에서 맞춤법을 안내하는 것이 교육적으로도 좋은 역할을 하는 듯했다. 반갑고 좋은 일임에는 분명했으나, 순식간에 비슷한 질문이 수십 개씩 쌓여 홍역을 치르는 일들을 종종 겪다 보니, 동일한 질문 쇄도의 조짐이 조금이라도 보이면 '오늘이 그날인가!' 하며 긴장하는 날들이 많아졌다.

그리고 우리말365 채팅 친구가 30만 명이 넘은 지금, 11명의 국어 상담원이 이 많은 전국구 질문자들

(때론 해외에서 접속하기도 한다)에게 균질한 국어 상담을 해 왔다는 것 자체가 어쩌면 다른 의미에서 대단한 일이었다는 생각이 든다. 더불어, 계속해서 지치지 않으며 고르고 품격 있는 답변을 하려면 앞으로는 어쩌면 인공지능의 도움에 손을 내밀어야 하는 입장이 될 수도 있겠다는 생각이 든다.

아직은 우리 상담원들의 빠르고 정확한 답변이 사람들에게 가 닿는 편이지만, 그렇다고 해서 국어 상담원의 역할을 누구도 대신할 수 없다고 주장하고 싶지는 않다. 기술의 발전을 모른 체하며 문을 닫아걸 필요도 없다. 머지않아 우리말365에서는 인공지능이 먼저 질문자들을 맞이하는 날이 올 수도 있다. 그러나 만약 그런 날이 온다 해도 국어 상담원은 아마 인공지능 챗봇이 내놓을 답변을 먼저 들여다보며 검토하고 있을 것이다. 인공지능이 빛의 속도로 많은 데이터를 길어 올리면, 우리 상담 연구원들은 그 답변이 '규범'이라는 단단한 땅 위에 서 있는지, 그리고 '맥락'이라는 결과 맞닿아 있는지 살피는 것이다. 기술이 아무리 정교해져도 언어의 온기를 최종적으로 확인하는 주체는 사람일 수밖에 없다. 절차는 조금 달라지더라도 국어 연구원은 인공지능이 내놓은 문장들이 국어 생활자의 삶에 올바르게 닿을 수 있도록 책임지는 '최종 검토자'로서 품을 들일 것이다.

2023년의 늦가을이었다. 점역 교정사 시험의 상식 문제 출제를 위해 한국시각장애인협회로 향하던 길, 차창 밖은 온통 노란 은행나무로 물들어 있었다. 서울의 동쪽 끝자락으로 향하는 버스 안에서 나는 문득, 선천적으로 앞을 보지 못하는 분들은 이 찬란한 계절의 색채를 어떻게 감각하실지 궁금해졌다. 눈앞에 펼쳐진 풍경을 그분들에게 설명해야 한다면 나는 과연 어떤 언어를 골라야 할까. 그런 섣부른 상념에 잠기며 협회에 도착했다.

다음 날 치러질 시험 문제를 검토하기 위해 마련된 회의실에는 비시각 장애인 선생님 두 분과 시각 장애인 선생님 두 분, 총 네 분이 모여 있었다. 그곳에서 나는 믿기 힘든 광경을 목격했다. 검토를 맡으신 시각 장애인 선생님께서 '점사랑'이라는 점자 정보 단말기에 유에스비(USB)를 꽂으시더니, 기계 위로 손끝을 스르륵 미끄러뜨리며 내가 만든 문서를 읽어 내려가기 시작하셨다. 그 속도가 어찌나 빠른지, 마치 그분의 눈앞에 내게만 보이지 않는 홀로그램 화면이라도 펼쳐진 듯했다. 그때였다. 점자 정보 단말기로 문서를 읽으시던 선생님의 손끝이 어느 한 지점에서 멈췄다.

"선생님, 3번 문항에서 '옳지 않은'이라는 말 뒤에 띄어쓰기를 두 번 하신 특별한 이유가 있나요?"

순간 등줄기가 서늘해졌다. 그것은 내가 원고를 작성하며 무심코 두 번 누른 스페이스바의 흔적이었다. 최종 검토까지 마쳤는데도 발견하지 못한 오타였다. 나는 부끄러움에 얼굴을 붉히며 실수임을 시인했다. 나에게는 눈으로 식별조차 되지 않던 그 하찮은 공백이, 선생님에게는 정확히 짚어 내야 할 두 개의 기호로 읽힌 것이다. 선생님의 능력은 거기서 그치지 않았다. 수년간 축적된 기출 데이터를 머릿속에 담고 계셨다가 내가 출제한 문제 속의 어휘보다 더 적확한 대체 단어를 제안해 주셨다.

그로부터 밤늦게까지 논의는 이어졌다. 점역 교정사 시험 문제는 점역 실기와 교정 실기, 국어 상식에 대한 이론 문제 등 세 분야로 구성되는데, 내가 낸 국어 상식 문제를 검토하는 데에도 하룻밤을 꼬박 넘겼다. 선생님들은 묵자(활자)를 점자로 바꾸는 전문가이실 뿐만 아니라 맞춤법 문제에서도 문맥의 미세한 결까지 짚어 내시는 데 특출했다. 한 문제 한 문제 성의껏 오가는 진지한 질문과 대화는 작은 오류나 오독을 막아 내기 위한 최후의 보루였다. 부끄럽게도 내가 출제한 내용이 이토록 엄격한 검토를 거칠 줄은 몰랐다.

전문가들의 세밀한 손길이 닿을 때마다 나의 부족함이 드러나는 것 같아 숙연해졌다. 하지만 국어원 대표로서 낸 맞춤법 문제가 이토록 정교한 과정을 거쳐 시험 문제로 채택된다는 사실에 깊은 책임감과 영광을 느끼기도 했다. 점으로 세상을 읽고 쓴다는 것은, 막연히 상상한 것보다 훨씬 더 치열하고 정확한 활자의 세계를 구축하는 일이었다.

많은 사람들이 내게 글쓰기와 관련된 크고 작은 고민을 털어놓곤 한다. 글 전체의 구성이나 메시지는 본인들도 대강 알고 있지만, 막상 한 문장 안에서 어딘가 어색한 느낌이 들면 이유를 찾지 못해 조심스럽게 묻는 것이다. 흥미로운 점은, 그 질문의 대다수가 아주 커다랗거나 복잡한 문제는 아니라는 사실이다. 말 그대로 "이 표현이 맞나요?", "여기 띄어쓰기 어떻게 해야 하나요?" 같은 것들이다. 고작 한두 문장을 살펴 문법적 호응이 맞는지만 판단해 주는 일인데도, 의외로 대답을 듣고 나서야 "이제야 알겠다"고 한다. 어떤 분들은 꽤 오랜 고민이 단번에 풀린 듯한 표정으로 고맙다는 인사를 남기기도 한다.

사실 나는 그런 반응을 받을 때마다 마음 한쪽이 부담스럽기도 하다. 마치 내가 글쓰기의 비밀 열쇠라도 가지고 있는 사람처럼 비쳐질까 봐 그렇다. 겸손을 가장하는 것은 아니다. 내 일은 그저 비교적 단순한 조건식을 대입하듯 언어 규칙을 적용해 보고, 규칙에 맞다면 마음속으로 '오케이' 사인을 내리고 답을 드리는 정도의 일이다. 나보다 글을 더 잘 쓰고 문장의 숨결을 더 섬세하게 빚어내는 작가들은 얼마든지 있고, 서점에만 가도 '좋은 글 쓰기'를 말하는 책들은 넘쳐난다. 그런 시대다. 그래서 '좋은 표현이란 무엇인가'라는 거대한 질문 앞에서는 오히려 내가 할 말이 많지 않다.

그럼에도 불구하고 지난 10여 년간 상담을 하면서 사람들이 공통적으로 어려워하는 내용, 말하자면 불안해하며 자주 질문하는 부분들은 분명하게 유형화되어 있다. 이것은 거창한 글쓰기 이론이라기보다는, 오히려 글을 조금 더 단정하고 안정적으로 만들기 위한 기본적인 요령에 가깝다. 그래서 오늘은 그중 두 가지를 골라 소개해 보려 한다. 글이라는 것이 결국 작은 단위의 문장들이 모여 완성되는 집과 같다면, 이 두 가지는 기초 공사에 해당하는 것들이다.

먼저 첫 번째는 '무엇이 무엇을 꾸미는지, 즉 수식

관계를 명확하게' 하여 글을 써야 한다는 것이다.

"그 이야기를 듣자 순이는 깊은 공감했다."

겉으로 보면 자연스럽게 읽히기 때문에 이 문장에 어떤 문제점이 있는지 금방 파악하기 어려울 수 있다. 하지만 이 문장에서 딱 한 부분, '깊은'이라는 형용사의 수식 범위가 애매하다는 문제가 있다. '깊은 공감'이라는 표현은 괜찮지만, '깊은 공감했다'는 올바른 문장 구조가 아니다. '깊은'이 동사 '공감했다'를 직접 수식하는 꼴이 되기 때문이다. 따라서 바르게 고치려면 수식의 범위를 명확히 해 주면 된다. 가장 기본적인 해결책은 '공감'과 '했다'를 띄어 적어 '깊은 공감을 했다'로 표현하는 것이다. 이러면 '깊은'이 정확히 '공감'을 꾸며 주고, 문장은 안정감을 되찾는다. 또 다른 방법은 '깊은'을 '깊게'로 고치는 것이다. 그러면 '깊게 공감했다'가 되어 하나의 동작을 깊이 있게 수행했다는 의미가 자연스럽게 살아난다.

이처럼 문장 안에서 무엇이 무엇을 꾸미는지, 즉 수식 관계를 한 번만 떠올려 보면 대부분의 띄어쓰기나 표현 선택의 문제가 손쉽게 풀린다. 사실 이건 글쓰기에서 꽤 강력한 도구다. 한번 원리를 이해하면 비슷한 유형의 문장에 거의 무한하게 적용할 수 있기 때문이다. 복잡해 보이는 문장도 수식의 흐름을 따라가다 보면 정확한 형태가 선명하게 드러난다.

두 번째는 바로 '명사 나열형 문장보다 서술어로 표현된 문장'이 더 이해하기 쉽다는 것이다. 예를 들어 보자.

가. 이 사안의 핵심은 빠른 문제 파악과 대처다.
나. 이 사안의 핵심은 빠르게 문제를 파악하고 대처하는 것이다.

두 문장은 얼핏 비슷해 보이지만 인상은 꽤 다르다. '가'는 명사를 연결해 간결함을 앞세운 문장이다. 하지만 지나치게 굳어 있고 사무적이며, 필요 이상으로 딱딱해 보인다. 반대로 '나'는 문장이 조금 길어지지만 생각의 흐름이 자연스럽게 이어지고, 읽는 사람에게 문장이 지시하는 내용이 일목요연하게 들어온다. 같은 의미라도 구체적인 동작을 나타내는 문장이 독자에게 훨씬 친절하게 다가간다. 물론 개조식 표현*을 자주 쓰는 보고서 문맥에서는 '가'와 같은 구조가 선호될 수 있다. 효율성이 필요하기 때문이다. 그러나 줄글 형식, 특히 독자에게 맥락을 전달해야 하는 글이라면 무조건 간결함만을 미덕으로 삼아서는 안 된다. 문장은 결국 사람이 읽는 것이고, 사람은 동작과 흐름이 있는 표현에서 더 자연스럽게 의미를 이해한다. 그런 점에서 서술어 중심의 문장은 글의 호흡을 조절하고 리듬을 만들어 준다. 나는 글을 쓰는 일이 그저 맞춤법 규칙을 나열하거나 잘 꾸며진 표현을 찾아내는 퍼즐 게임이라고 생각하지는 않는다. 글쓰기의 정수는 결국 '전하려는 마음을 어떻게 가장 온전하고 정확한 형태로 표현할 것인가'에 있다. 그렇기에 사소해 보이는 띄어쓰기 하나, 수식의 방향 하나, 명사와 동사의 선택 하나도 글의 성격을 바꾸고 독자의 해석을 바꾸며, 문장의 생명을 살리기도 혹은 죽이기도 한다.

이 글에서 소개한 두 가지 요령은 단순한 맞춤법의

---

* 명사형 표현을 널리 활용하여 핵심 내용을 항목별로 나열해 간결하게 표현하는 방식으로, 공문·보고서 등에서 가독성과 전달 효율을 높이고자 사용한다.

기술을 넘어, 글쓰기의 태도에 가까운 내용이라 생각한다. 문장은 그 자체로 살아 움직이며, 우리가 어디에 시선을 두고 어떤 길로 뜻을 전하느냐에 따라 그 움직임의 방향도 완전히 달라진다. '더 잘 쓰는' 것이 목표가 아니라 '더 분명하게 전하는' 것이 목적이라는 사실을 잊지 말아야 한다. 이런 작은 원리를 익혀 글을 쓰는 데에 사소한 도움을 얻기를 바란다.

# 엄마의 사전

가끔 가방끈이 길다고 다는 아니라고 느끼는 게, 국어와 관련된 일을 업으로 하고 있는 나보다 고등학교를 졸업한 우리 엄마의 어휘력이 훌륭하다는 걸 살면서 꽤 많이 경험하기 때문이다. 살면서 들어 본 엄마의 일상 속 언어는 나의 귀를 자극할 만큼 기분 좋은 울림을 줄 때가 많았다. 요새 내게 흥미롭고 난해한 연구 대상은 엄마의 입에서 흘러나오는, 마냥 신기하고 다채로운 '엄마의 언어'다. 엄마의 말은 종종 경기권 방언 같기도 하고, 때로는 그 어디에도 속하지 않는 독창적인 소리 같기도 하다.

"아이고, 이 옷은 무늬가 참 '잔자부타하니' 괜찮네."

엄마가 툭 던진 이 낯선 형용사 앞에서 나는 멈칫했다. '잔자부타하다고?' 문맥상 무늬가 잔잔하고 곱다는 뜻이려니 짐작은 가지만, 국어학도로서의 호기심이 발동했다. 곧장 표준국어대사전을 뒤지고 방언 사전까지 샅샅이 훑었으나, 그 단어는 어디에도 등재되어 있지 않았다. 아마도 그것은 경기와 충청의 접경 지역 어딘가에서 파생되었거나, 혹은 엄마라는 고유한 세계에서만 통용되는 '가족 방언'일지도 모른다. 사전에는 없지만, 엄마의 입을 통해 생명력을 얻은 그 말은 내게 무엇보다 풍요롭게 다가왔다.

엄마의 언어를 곱씹다 보니 대학교 1학년 때의 기억이 떠오른다. 전남 해남으로 학과 선배들과 방언 채집을 떠났던 그해 여름, 당시 스물한 살이던 나는 방언의 가치보다는 내 머리 모양과 옷차림에 더 신경을 곤두세우던 철부지였다. 할아버지들이 둥글게 모여 앉아 막걸리를 나눠 마시는 자리에서, 선배들이 "이건 뭐라고 부르시나요?"라며 진지하게 묻고 대답을 받아 적을 때도 나는 딴청을 피웠다. 선배 언니의 예쁜 얼굴을 힐끔힐끔 훔쳐보며 '나도 저 선배처럼 예뻐지고 싶다'는 생각에만 골몰했으니까. 속으로 이런 생각도 했던 것 같다. '이 낡은 말들을 채집하는 게 도대체 무슨 의미가 있을까?' 하지만 대학원에 진학

하고 연구자의 길을 걸으며, 당시 우리가 수행했던 조사가 교수님의 지도 아래 꽤나 적확하고 체계적인 방법론을 따랐던 것임을 알게 되었다. 그때는 몰랐다, 방언이라는 것이 단순히 표준어와 대척점에 있는 낡은 유물이 아니라, 국문학도로서 지키고 보존해야 할 우리말의 본질이자 대체 불가능한 언어사적 자료라는 사실을. 그리고 저 먼 해남 땅뿐만 아니라, 바로 내 곁의 엄마도 생생한 언어 배움의 현장이라는 사실을 말이다.

국어상담실에서 일하다 간식으로 피자를 시킨 날이었다. 여덟 명이서 12조각의 피자를 먹으려면 한 사람에게 두 조각까지는 채 돌아가지 못하겠다는 계산이 섰다. 몇 사람이 덜 먹거나 서로 조금씩 나눠 먹으면 되겠다 싶었다. 그래서 이렇게 말했다.

"우리 이거 '노나' 먹으면 되겠네요."

말을 뱉고 나서 아차 싶었다. 상담실에서 방언을 썼구나 하는 민망함에 서둘러 덧붙였다.

"어릴 때 엄마가 항상 '노나 먹어라'라고 하셔서 저도 모르게 입에 붙었나 봐요. 사투리겠죠?"

혹시나 싶어 '노나 먹다'에서 '노나'의 기본형인 '노느다'를 사전에서 검색해 보았다. 그런데 화면에 뜬 검색 결과는 내 예상을 보기 좋게 빗나갔다. 표준어였다. '나누다'라는 표현에 익숙해져 '노느다'를 당연히 방언이라 치부했던 탓이었다. 무엇보다도 엄마의 언어를 무의식중에 '비표준어'로 단정 지었던 내 착각이었다. 엄마가 쓰던 그 투박하고 정겨운 말은 틀린 말이 아니었다. 엄마의 말은 내가 책에서 배운 것보다 훨씬 넓고 깊은 어휘의 바다를 품고 있었다.

생각해 보면 엄마의 언어 감각은 탁월했다. 어릴 적 우리 집에서 키우던 강아지 이름을 엄마는 '오종이'라고 지었다. 형용사 '오종종하다'에서 따온 이름이었다. 당시 국문과 2학년이었던 나조차 소설 속 활자로만 접해 봤지, 실제로는 써 본 적 없는 낯선 단어였다. 하지만 그 작고 귀여운 강아지를 보며 엄마가 "우리 오종이, 오종이" 하고 부를 때, 그 단어는 비로소 살아 있는 실체가 되었다. 나는 그 이름이 우리 강아지와 너무나 잘 어울린다고 생각했다.

그러고 보니 엄마는 나의 가장 훌륭한 언어 선생님

이었다. 내가 논문 속에서 건조한 문법을 연구할 때,
엄마는 살아 숨 쉬는 생활의 언어로 내 좁은 식견을
깨뜨려 준다. 표준국어대사전에 실려 있지 않더라도,
엄마의 입에서 나오는 말들은 가장 다정하고 생생한
나만의 언어 사전이다.

요즘 들어 부쩍 자주 받는 질문이 있다. "어떻게 말해야 상대방에게 결례가 되지 않고, 높임법에 딱 들어맞게 표현할 수 있을까요?"라는 물음이다. 흥미로운 점은 이 질문의 당사자가 주로 상담 직종이나 서비스업에 종사하는 분들로 추정된다는 사실이다.

국립국어원에서 몇 년 전 "커피 나오셨습니다"와 같은 표현이 사물을 높이는 잘못된 표현이라며 대대적으로 홍보한 적이 있다. 그 홍보의 효과가 대단했던 것일까, 유독 최근에 상담 업계로부터 문법적으로 올바른 높임 표현에 대한 질문을 많이 받는다. 우리 사회가 '말'에 대해 느끼는, 정확히 말하면 '상대에게 불친절하게 들릴까 봐 두려워하는' 강박을 보여 주는 것이 아닐까 한다.

‘지금 가지시고 계신 보험이 여기에 해당되시는지 아시고 싶으신 것입니까?’란 문장에서 틀린 부분을 고쳐 주세요.

이런 유의 질문을 거의 날마다 받는다. 가만히 들여다보면 거의 모든 동사에 선어말어미 ‘-시-’를 기계적으로 붙여넣어, 읽기조차 숨 가쁜 경우가 허다하다. 문법적으로 높임이 이미 적절히 구사되어 있는데도 그 표현이 혹시나 부족하지는 않은지, 상대의 기분을 상하게 하지는 않을지 재차 확인하고자 묻는 것이다. 실은 “지금 가지고 계신 보험이 여기에 해당되는지 알고 싶으신 것입니까?”로만 표현해도 충분하다. 모든 용언에 ‘-시-’를 남발하는 것은 오히려 청자의 이해를 방해하기도 한다. 이 외에도 사물을 높여서까지 극진한 높임을 보이는 표현도 있다.

‘말씀하고 싶으신 부분이 있으시면/말씀하고 싶으신 부분이 계시면’ 중에 맞는 건 뭐예요?

이 문장에서는 전자가 바르다. '있으시면'과 '계시면' 중에서 '있으시면'을 쓰는 것이 옳은 이유는 '부분'이라는 명사를 직접 높일 이유가 없기 때문이다. 후자처럼 쓰게 되면 '사물 높임' 표현이 되기 때문에 적절하지 않다. 그렇다면 앞의 것은 높임 표현이 없어 잘못된 표현인가? 그렇지 않다. '-시-'라는 높임 표현이 있기 때문에 말하는 사람을 높여 주는 뜻이 잘 전달된다.

한편으로는 이런 질문을 접할 때마다 의문이 든다. 왜 우리에게 '높임' 표현이 이렇게나 중요하게 되었을까? 언어는 그 사회의 정신을 반영한다는데, 이 기형적인 과잉 존대는 무엇을 의미하는 것일까.

현대를 살고 있던 주인공이 갑작스레 중세 시대로 떨어지는 타임 슬립물을 영화나 드라마로 종종 접한다. 주인공에 이입한 시선에서는 신하가 왕을 대할 때 보이는 납작 엎드린 태도와 극존칭의 향연이 어색하게 다가온다. 그러나 종종 그런 장면들이 영 낯설게만 느껴지지 않을 때가 있다. '손님은 왕이다' 정신이 아직까지는 우리 사회 곳곳에 남아 있음을 느낄 때 그렇다.

특히, 전화 등을 통해 상대방을 응대하는 서비스업 종사자들은 눈에 보이지 않는 상대를 극진히 대해야 한다는 압박을 받는다. 그들의 정서적 노동 강도가 생각보다 훨씬 높다. 단순히 물건을 팔거나 정보를 주는 것을 넘어, 상대의 자존감을 높여 주는 감정의 시중까지 드는 것을 자연스럽게 여기는 문화가 있다.

사회는 점점 비대면 세상이 되어 키오스크와 어플리케이션이 사람을 대체하고, 직접적인 대면 접촉은 줄어든다. 우리는 정서적으로 타인과 긴밀하지 않을 뿐만 아니라 옆집에 누가 사는지조차 잘 알지 못한다. 그러나 마치 정확한 반비례 그래프처럼, 관계의 밀도는 옅어지는데 언어의 높이는 기형적으로 솟구친다. 어쩌면 우리는 일상에서 채워지지 않는 존중과 인정의 욕구를 모르는 타인에게서, 특히 서비스업 종사자에게서 채우려 하는 것인지도 모른다. 극진한 대접을 받아야만 스스로 가치 있는 존재라고 느끼는 사회적 결핍이 '사물 존칭'이나 '높임 어미의 과도한 중첩 사용'이라는 촌극을 빚어낸 것은 아닐까.

부모 자식 간이나 친구 사이처럼 가깝고 친한 사이에서는 격식 차린 존댓말을 잘 쓰지 않는다. 편안한 말 속에 친밀함이 깃든다. 사회에서는 점점 타인과 맺는 관계가 일회성으로 그치거나 이해관계로 얽히는 경우가 많기 때문에, 처음 만나는 사람과는 말 하나하나에 더 신경을 써야 하는 것 같다. 그 차가운 간극을 메우기 위해 우리는 서로에게 친절과 높임을 강요하고 있는 건 아닌지 모르겠다.

# 나는 어떤 '말의 관상'을 가졌나

최근에 예능 프로그램을 보다 유독 시선이 머무는 인물이 생겼다. 주로 연예인들의 얼굴을 풀이해 주는 관상가인데, 그를 지켜보는 재미가 꽤 쏠쏠하다. 그는 텔레비전에 나오는 여타 전문가들과는 결이 조금 다르다. 상대의 기분을 맞추려 애쓰기보다, 무표정한 얼굴을 하고는 서슴없는 짧고 날카로운 말 한마디로 핵심을 찌르거나 상대방을 당황하게 하는 촌철살인을 날린다. 눈앞의 상대가 심각한 표정을 짓든, 분위기를 띄우려 농담을 던지든 그는 상관하지 않는다. 그저 부처님 같은 오묘한 표정으로 '나는 이미 네 속을 꿰뚫어 보고 있다'는 듯한 태도를 유지할 뿐이다. 그의 그 초연하고도 당당한 태도가 인상적이었다. 내 마음의 주도권을 남에게 내주지 않는 그 단단한 얼굴 말이다.

그 관상가에 대한 호기심으로 그의 지난 행적과 관

상학적 식견들을 찾아보았다. 그의 책에서 "사랑의 그릇은 정해졌어도 그릇 속 음식은 당신이 만든다"* 라는 문장을 보았다. 인상(人相)이나 관상보다 심상 (心相)의 중요성을 강조한 대목이다. 비로소 '좋은 관상'이란 무엇인지 조금이나마 가늠해 볼 수 있었 다. 관상에 아무리 길흉이 정해져 있다 한들, 결국 그 것을 넘어서는 것은 사람의 '마음가짐'과 '태도'라 는 배움이었다. 타고난 생김새는 바꿀 수 없어도, 삶 을 대하는 결은 스스로 빚어 갈 수 있다는 사실이 나 에게 위로로 다가왔다.

이런 생각은 자연스레 내 전공 분야이자 오랜 일터 인 '말'과 '말의 관상'에 대한 생각으로 이어졌다. 관 상가 덕분인지 모르겠으나, 요즘 들어 나는 사람의 말 에도 형체와 표정이 있다는 것을 부쩍 실감한다. 일을 하며 만나는 수많은 이들의 목소리에는 그 사람의 인 생이 묻어 있다. 전화기 너머 들려오는 짧은 첫마디 만으로도 그가 얼마나 급한 성정인지, 혹은 얼마나 여 유로운 성품을 가진 사람인지 느껴질 때가 많다. 어떤

* 박성준, 《그가 당신의 남자다》, 알에이치코리아, 2014, 15쪽.

의도로 입을 떼었는지 그 행간이 읽히는 경우도 허다
하다. 이는 비단 나만의 예민함은 아닐 것이다. 사람
을 상대하며 살아가는 이들이라면 누구나 본능적으
로 체득하게 되는 '언어의 관상학' 같은 것이 아닐까.

'가나다 전화'의 단골손님 중 느릿한 말투로 말씀
을 건네시는 분이 계신다.
"안녕하세요, 연구원님. 점심은 맛있게 드셨나요?
혹시 질문 하나만 드려도 될까요?"
이분의 음성은 낮고 느릿하여 상당히 차분한 성격
임을 짐작하게 한다. 또한 듣는 이를 배려한 표현을
적절히 구사하신다. 이분의 전화를 받으면 나 역시 덩
달아 마음이 차분해지고 설명도 느릿하게 하게 된다.
침착하게 소통하는 것을 좋아하시는 분이라는 생각
이 들었다. 꽤 오래 이곳을 이용해 주시는 분인데, 늘
한결같으셔서 우리 상담원들에게 이분은 이른바 '점
잖은 단골손님'으로 통한다.
물론, 그 반대의 경우도 있다. 어느 날에는 어떤 분
의 질문에 아주 조심스럽게 낮은 음성으로 조곤조곤

설명을 드렸는데 그분이 버럭 화를 내시면서 호통을
치셨다.

"아니, 거기서 그렇게 작은 목소리로 속삭이는 게
맞아요? 전화하는 태도가 글러 먹었어!"

아니, 친절하게 하려고 나름 목소리 톤까지 조절하
며 노력한 건데 이렇게 지청구를 들을 일인가. 속으로
억울한 마음이 훅 끼어들었으나, 이내 '작은 소리는
잘 안 들리시는 분이라면 충분히 큰 소리로 안내해 달
라고 하실 법하다'는 생각이 들었다. 하지만 그분의
'버럭'에는 단순한 청력의 문제를 넘어선 무언가가
있었다. 모르긴 해도 이분은 좀 급한 성격이지 않을까
하는 짐작도 슬며시 해 보게 된다. 목소리에 그 사람
의 분위기가 서려 있달까.

사실, 이런 생각을 하다 보면 문득 내 목소리는 상
대에게 어떤 관상으로 비칠지 슬그머니 걱정이 앞선
다. 국어상담실에서 10년 넘게 말을 업으로 삼아 왔으
니, 다정한 온기를 머금은 톤이 기본값이 되어 있어
야 하겠지만 현실은 그리 녹록지 않다. 피곤한 오후에
는 나도 모르게 '용건만 간단히'란 바람을 건조한 목

소리에 실어 보내기도 하고, 가끔은 상대방의 무례함에 평정심을 잃고 목소리 톤이 뾰족하게 솟구치기도 한다. 사실, 전화를 받는 우리는 늘 평가받는 자리일 수밖에 없다고 생각해서 우리의 태도를 굳이 비교하고 싶지는 않다. 그러나 상담실에 계시는 분들 가운데에서도 언상(言相)이 으뜸이라고 꼽을 만한 분이 계셔서, 이분에 대해서는 이야기하고 싶다. 8년 넘게 그분을 보아 왔지만 늘 한결같이 다정하고 편안한 음성이 특징이다. 감정의 파고가 느껴지지 않는 목소리다. 가끔, 상담원들의 전화 목소리를 기억하시는 몇몇 분들이 다른 동료에게 이 친절한 동료를 칭찬하는 말씀을 하시는 걸 건너 듣기도 했다. 우리에게 '점잖은 단골손님'이 계시듯 질문을 해 주시는 분들께도 '친절하고 편안한 상담원'이 있는 셈이다. 배울 점이 있는 동료가 곁에 있어 감사하고 한편으로 부끄러울 때가 있다.

결국 말의 관상을 가꾼다는 것은 내가 내뱉은 말이 상대의 귀에 닿기 전에 '아차' 싶어 한 번 더 갈무리하는 마음, 혹은 내 목소리에 묻은 감정의 찌꺼기를 스스로 들여다보는 여유일 거라고 생각해 본다.

‘고맙습니다’는 맞고
‘감사합니다’는 틀렸나요?


‘우리말365’나 ‘온라인가나다’, ‘가나다전화’를 이용한 뒤 우리에게 인사를 건네 본 사람이라면 알 것이다. 상담을 마칠 때면 끝인사로 ‘감사합니다’ 대신 ‘고맙습니다’를 전한다는 걸 말이다. 간혹 ‘우리말365’나 ‘온라인가나다’에 자주 질문을 하는 분들 중에서는 우리가 ‘감사합니다’ 대신 ‘고맙습니다’라고 하는 특별한 이유가 있는지 궁금해하는 분들이 있다.

“그런데 왜 항상 ‘고맙습니다’라고 하는 거예요? ‘감사합니다’를 쓰지 않는 이유가 있나요?”

“‘감사합니다’가 일본어 투 표현이라고 하는데, 그게 맞나요?”

“‘고맙습니다’는 구어적 표현이고 ‘감사합니다’가 공식적인 표현이라는데 그게 맞나요?”

한차례의 질의응답을 마치고 끝인사를 나눈 뒤 문

을 닫고 나가시려다, 그 문고리를 잡고 다시 빼꼼 고개를 내밀어 건네시는 질문들이다. '감사합니다'가 아닌 '고맙습니다'를 선택한 국립국어원만의 비밀스러운 원칙이 있을 것이라는 기대가 담긴 질문이기도 하다.

예전에 〈JTBC 뉴스룸〉을 시청하다가 손석희 전 앵커가 뉴스가 끝날 때 "고맙습니다"라고 말하는 것을 본 적이 있다. 2017년 1월 16일 자 〈노컷뉴스〉에는 '손석희는 왜 "감사합니다" 말고 "고맙습니다"를 쓸까'라는 제목의 기사가 실린 적도 있다. 꼭 뉴스뿐만 아니라 다른 방송 프로그램들에서도 사회자가 시청자에게 "고맙습니다"라는 인사를 건네는 것을 어렵지 않게 접할 수 있다.

'고맙습니다'와 '감사합니다'의 차이를 묻는 질문에는 가벼운 마음으로 답할 수 있다. 둘 다 표준어로서 당당히 제자리를 지키고 있으며, 국어원에서 '고맙습니다'를 조금 더 선호하여 답변의 끝에 둘 뿐이라고 말이다. 국어원은 둘 중 어떤 것이 구어적인 표현이고 어떤 것이 공식적인 인사말이라고도 구분하지 않는다. '고맙습니다'는 고유어이고, '감사합니다'는 혼종어*라는 정도의 차이가 있을 뿐이다.

뜻풀이로 보자면, '고맙습니다'라는 인사말은 '남이 베풀어 준 호의나 도움 따위에 대하여 마음이 흐뭇하고 즐겁다'라는 뜻이다. '감사합니다'는 '감사하다'를 활용한 것으로서 '고맙게 여기다'나 '고마운 마음이 있다'라는 의미다. 즉, 일상어에서 '고맙다'와 '감사하다'는 서로 구분 없이 쓰이며, 우열을 가릴 수 없이 동등한 무게를 지닌다.

결론적으로 같은 마음의 다른 얼굴일 뿐이다. 그럼에도 사람들이 끊임없이 이 두 표현의 차이를 우리에게 묻는 이유는 무엇일까. 아마도 '국립국어원'의 답변에는 뭔가 특별한 것이 있으리라는 생각 때문일 것이다. 국어 언어 정책의 최전선에서 내뱉는 말 한마디가 곧 '표준'이자 '모범'이리라는 믿음. 그 신뢰가 사람들에게 익숙한 단어 하나에도 의미를 부여하게 하는 것 같다.

우리가 굳이 '고맙습니다'를 고집하는 데에는 대

---

* 기본 표제어 '감사하다'에서 '감사'는 한자어이고 뒤의 '하다'는 고유어이다.

단한 민족주의적인 선언이 담긴 건 아니다. 한자어의 숲 사이에서 소박하게 피어난 우리말을 한 번 더 살려 보고자 하는 작은 마음의 표현이다. 고마움을 실은 이 소박한 다섯 글자가 질문자에게 따스하게 전달된다면 좋겠다.

## 부록_우리말365 단골 질문 20가지

2020년부터 2026년 초까지의 상담 데이터를 분석한 결과 우리말 365에 거의 하루도 거르지 않고 접수된, '단골 중의 단골 질문' 20가지를 추린 내용을 소개한다.

1~13번은 맥락에 따라 의미를 구분하여 쓰는 표현에 관한 것이고, 14~20번은 틀린 맞춤법에 관해 설명한 내용이다.


### 1. 에요/예요

'-에요'는 설명, 의문을 나타내는 해요체 종결 어미이고, '예요'는 '이다'의 어간에 '-에요'가 결합해 축약된 말이다. 이에 따라서 '-에요'가 '아니(다)'에 결합하면 '아니에요'가 되고, '친구이(다)'에 결합하면 '친구이에요'나 '친구예요'가 되며, '축복이(다)'에 결합하면 '축복이에요'가 되고, '영숙이이(다)'에 결합하면 '영숙이이에요'나 '영숙이예요'가 된다.


### 2. 되/돼

'되-'는 '되다'의 어간으로서 뒤에 어미가 붙어야 '되고',

‘되어’와 같이 쓰일 수 있는 반면, ‘돼’는 ‘되다’의 어간 ‘되-’에 어미 ‘-어’가 결합한 ‘되어’가 축약된 말로서 다른 어미 없이 그대로 쓰일 수 있다.

한편 ‘되-’에 선어말어미 ‘-었-’이 결합한 ‘되었-’이 축약된 말은 ‘됬-’이 아니라 ‘됐-’인데, 이는 뒤에 어말어미가 붙어야 ‘됐고’, ‘됐으며’와 같이 쓰일 수 있다.

## 3. 어떻게/어떡해

‘어떻게’는 ‘어떻다’의 부사형이므로 “어떻게 하지?”처럼 뒤에 서술어가 와야 하지만, ‘어떡해’는 부사어와 서술어로 구성된 ‘어떻게 해’가 줄어든 말이라 “난 어떡해”처럼 그대로 문장이 종결된다.

## 4. -데/-대

‘-데’는 과거 어느 때에 직접 경험하여 알게 된 사실을 현재의 말하는 장면에 그대로 옮겨 와서 말함을 나타내는 해체 종결 어미로, 하라체로는 ‘-더라’다(그 집 아들 어제 봤는데 잘생겼데/잘생겼더라).

참고로, ‘-데’의 해체 의문형은 ‘-디’이고, 해라체로는 ‘-더

냐’다(어제 민수는 집에 잘 돌아 갔다디/갔다더냐?).
‘-대’는 형용사 뒤에 붙어, 어떤 사실을 주어진 것으로 치고 그
사실에 대한 의문을 나타내는 해체 종결 어미로, 놀라거나 못
마땅하게 여기는 뜻이 섞여 있다(오늘은 왜 이렇게 바쁘대?).
그리고, 남의 말을 전달할 때 쓰는 ‘-다고 해’를 줄여 쓰는 경
우에도 ‘-대’를 쓴다(철수는 오늘 안 온대).

## 5. 안/않-

‘안’은 부정의 뜻을 나타내는 부사 ‘아니’의 준말이므로 ‘안
해’, ‘안 먹어요’, ‘안 잡니다’처럼 뒤에 서술어가 와서 띄어
쓰지만, ‘않-’은 ‘아니 하-’의 준말이므로 ‘않아, 않고, 않으
며’처럼 뒤에 어미가 와서 붙여 쓴다.

## 6. 아니오/아니요

부정하여 대답하는 말은 감탄사로서 아래와 같이 ‘아니요’로
적는다. 긍정하여 대답하는 말 ‘응’에 대응하여, 부정하여 대
답하는 말 ‘아니’를 쓰는 것처럼 ‘예/네’에 대응하여 감탄사
‘아니’에 두루 높임의 보조사 ‘요’를 붙인 ‘아니요’를 쓰는
것이다. 예를 들면 다음과 같다.

물음: 저녁 먹었어?

대답 1: 응, 먹었어.

대답 2: 아니, 아직 못 먹었어.

대답 3: 예, 먹었습니다.

대답 4: 아니요, 아직 못 먹었습니다.


한편, '아니다'의 활용형인 경우에는 '아니다'의 어간에 설명, 의문, 명령의 뜻을 나타내는 하오체 종결어미 '-오'가 결합한 말이므로 아래와 같이 '아니오'로 적는다.


물음: 당신은 선생이오?

대답: 나는 선생이 아니오.


## 7. 한번/한∨번

'지난 어느 때'(한번은 길에서 그와 우연히 마주쳤다), '기회 있는 어느 때'(언제 한번 놀러 오세요), '시도'(한번 해 보자), '강조'(인심 한번 고약하네), '일단'(한번 시작하면 끝을 본다)의 뜻을 나타내는 경우에는 합성어이므로 '한번'으로 붙여 쓴다.

한편 '한 번만', '한 번 더', '한 번도 못 보다'처럼 '1회'의 뜻을 나타내는 경우에는 구이므로 '한 번'으로 띄어 쓴다.


8. 로서/로써

'로서'는 '지위나 신분 또는 자격'을 나타내거나 '어떤 동작이 일어나거나 시작되는 곳'을 나타내는 격 조사로서 "그것은 교사로서 할 일이 아니다", "공부는 다른 목적을 위한 수단으로서 기능한다", "현재로서는 어쩔 수가 없다", "이 문제는 너로서 시작되었다"와 같이 쓰인다.

'로써'는 '재료나 원료'를 나타내거나 '수단이나 도구'를 나타내거나 '셈에 넣는 한계'를 나타내는 격 조사로서 "쌀로써 떡을 만든다", "말로써 천 냥 빚을 갚는다", "고향을 떠난 지 올해로써 20년이 된다", "오늘로써 모든 것이 끝났다", "이로써 두 사람은 부부가 되었습니다"와 같이 쓰인다.


9. -ㄴ바/-ㄴ∨바

'-ㄴ바'는 뒤에 할 말과 관련된 상황을 제시하는 연결 어미로서 "지금까지 서류를 검토한바 승인이 가능하리라 봅니다"와 같이 쓰인다.

반면, '-ㄴ∨바'의 '바'는 앞에서 말한 내용 자체를 나타내는 의존 명사로서 "주가는 우리가 예상한 바와 같이 올랐다"와 같이 쓰인다.

이들의 띄어쓰기를 간단히 구분하려면 '바' 뒤에 격 조사를 붙여 보면 된다. '바' 뒤에 격 조사가 자연스럽게 붙을 수 있다면 의존 명사로서 앞말과 띄어 써야 하고, 격 조사가 붙을 수 없다면 하나의 어미로서 앞말과 붙여 써야 한다.


## 10. 듯/∨듯

'듯(이)'는 어미 '-은', '-는', '-을' 뒤에 쓰여 짐작이나 추측의 뜻을 나타내는 말로서 '뛸 듯이 기뻐하다'와 같이 앞말과 띄어 쓴다.

반면, '-듯(이)'는 용언의 어간 또는 어미 '-으시-', '-었-', '-겠-' 뒤에 붙어, 뒤 절의 내용이 앞 절의 내용과 거의 같음을 나타내는 연결 어미로서 "거대한 파도가 일듯이 분노가 일었다"와 같이 앞말과 붙여 쓴다.


## 11. 지/∨지

'지'는 어미 '-(으)ㄴ' 뒤에 쓰여 '어떤 일이 있었던 때로부터 지금까지의 동안'을 나타내는 의존 명사로서 "그를 만난

지 꽤 오래되었다"처럼 앞말과 띄어 쓴다.

반면, '-(으)ㄴ지'는 형용사 어간 뒤에 붙어 막연한 의문을 가진 채 뒤 절의 사실이나 판단과 관련시키는 연결 어미로서 "그는 얼마나 부지런한지 세 사람 몫을 해낸다"와 같이 모두 붙여 쓴다.


## 12. 든지/던지

'-든(지)'는 '어느 것이든 선택될 수 있음'을 나타내는 연결 어미로서 "집에 있든지 나가든지 마음대로 해라"와 같이 쓰인다.

반면, '-던지'는 과거 경험에 대한 막연한 의문을 가지고 뒤 절 내용과 관련시키는 연결 어미로서 "얼마나 춥던지 손이 곱았다"와 같이 쓰인다.


## 13. 데/∨데

"날씨가 좋은데 우울하다", "밥을 먹었는데 배가 고프다"의 '데'는 어미의 일부로서 모두 붙여 쓰는데, "날씨가 좋은 데(에) 반해 기분이 나쁘다", "밥을 먹은 데(에)다가 실내가 따뜻하니 졸린다"의 '데'는 의존 명사로서 앞말과 띄어 쓴다. 의존 명사 '데'는 격 조사가 붙을 수 있으므로, 바로 뒤에 '에' 등의 격 조사를 덧붙여도 위와 같이 자연스럽다. 또한, 앞에 동사가 오는 경우 그 과거형은 위와 같이 어미 '-는데' 앞에서는 선어말어미 '-았-/-었-'이 오는 반면, 의존 명사 '데' 앞에서는 동사의 과거를 나타내는 관형형 '-ㄴ'이 온다.

## 14. 며칠(O)/몇 일(X)

'며칠'이 맞다. 날짜를 물을 때 '몇 월'처럼 '며칠'도 '몇 일'로 적어야 할 듯하나, 맞춤법 27항에 따라 둘 이상의 단어가 어울리거나 접두사가 붙어서 이루어진 말은 각각 그 원형을 밝히어 적되, 어원이 분명하지 아니한 것은 원형을 밝히어 적지 아니한다는 그 붙임 조항에 따라 '며칠'로 적는다.

'몇 일'이라면 [며딜]이나 [면닐]로 발음되어야 하나 마치 '몇' 뒤에 모음으로 시작하는 접사나 조사가 결합한 경우처럼 'ㅊ'이 내리어져 [며칠]로 발음되므로 딱히 '몇 일'의 구성이라 보기 어려워 형태를 밝혀 적지 않는 것이다.

## 15. -ㄹ는지(O)/ㄹ런지(X)

'-ㄹ는지'로 적는 것이 맞다. 불확실한 사실의 실현 가능성에 대한 의문을 나타내는 종결 어미는 앞쪽의 ‘ㄹ’에 동화되어 [ㄹ른지]로 발음되기도 하고 모음 ‘ㅡ’와 ‘ㅓ’를 혼동하여 [ㄹ런지]로 발음되기도 해 ‘-ㄹ른지’나 ‘-ㄹ런지’로 잘못 적는 경우가 많다. 그렇지만 어미 ‘-는지’(막연한 의문을 나타내는 종결 어미)와의 관련성을 고려하여 그 형태를 밝혀 ‘-ㄹ는지’로 적는다.


## 16. -ㄹ게(O)/-ㄹ께(X)

‘-ㄹ게’가 맞는 표기다. 표준 발음법에 따르면 ‘(으)ㄹ’로 시작되는 어미 뒤에 연결되는 ‘ㄱ’은 된소리가 되므로 ‘-ㄹ게’는 [ㄹ께]로 발음되지만, 표기는 맞춤법 53항에 따라 ‘(으)ㄹ’로 시작되는 어미 뒤에 연결되는 ‘ㄱ’은 의문을 나타내는 경우를 제외하고는 예사소리로 적어야 하므로 “이제부터 공부 열심히 할게”와 같이 적는다.


## 17. 만듦(O)/만듬(X)

‘만들다’의 명사형은 ‘만듦’이 맞다. ‘만들다’의 어간에 명사형 어미 ‘-ㅁ’이 결합해 ‘만듦’이 된다.

흔히 그 발음대로 ‘ㄹ’을 탈락시켜 ‘만듬’으로 적는 경우가 있는데 이는 잘못된 표기다. 어간의 'ㄹ' 받침은 '만드는', '만들', '만듭니다', '만드시지', '만드오니'처럼 'ㄴ', '-ㄹ', 'ㅂ', 'ㅅ', '오' 앞에서는 탈락하나 '만들며', '만들므로', '만듦'처럼 'ㅁ' 앞에서는 탈락하지 않는다.


## 18. 바라(O)/바래(X)

'바라다'의 '-아' 활용형은 맞춤법 33항 '모음 'ㅏ, ㅓ'로 끝난 어간에 '-아/-어, -았-/-었-'이 어울릴 적에는 준 대로 적는다'는 규정에 따라 '바라'로 적는다. 이는 '자라다'의 '-아' 활용형이 '자래'가 아니고 '자라'가 되는 것과 같으며, '하다'의 '-아' 활용형이 여불규칙활용으로 '하여'가 되고 이것이 축약되어 '해'가 되는 것과는 차이가 있다.


## 19. 붇다(O)/불다(X)

'라면이 붇다'가 맞다. '붇다'는 '물에 젖어서 부피가 커지다', '분량이나 수효가 많아지다'라는 뜻의 동사로서, 디귿불규칙활용을 해 '-어', '-었-', '-은'과 같은 모음으로 시작하는 어미 앞에서는 어간 말음 'ㄷ'이 'ㄹ'로 바뀌어 '불어', '불었다', '불은'이 되지만 '-고', '-는'과 같은 자음으로 시작하는 어미 앞에서는 기본형 어간대로 '붇고', '붇는'이 된다. 특히 '라면이 불은'을 '라면이 분'으로 적는 경우가 많은데, 여기서 '분'은 기본형을 '붇다'가 아닌 '불다'로 잘못 설정하여 '-ㄴ' 앞에서 어간의 'ㄹ'이 탈락한 것으로 본 데 따른 잘못된 표기이니 '불은'으로 써야 적절하다.

## 20. 가져(O)/갖어(X)

'가지다'의 준말 '갖다'는 모음 어미와 결합할 수가 없다. 따라서 뒤에 '-어'와 같은 모음 어미가 오는 경우에는 본말인 '가지다'를 써 '가지어', '가져'로 활용한다. 이와 같이 모음 어미 앞 준말 활용에 제약이 있는 말은 '갖다'(가지다) 외에 '머물다'(머무르다), '서둘다'(서두르다), '서툴다'(서투르다) 등 다수가 있다.

여보세요, 맞춤법 때문에 전화했습니다
ⓒ이현영, 2026


초판 1쇄 인쇄  2026년 3월 30일
초판 1쇄 발행  2026년 4월 13일


지은이  이현영
펴낸이  유강문
편집2팀  김지하 이윤주
마케팅  김한성 조재성 박신영 김애린 오민정 우지윤


펴낸곳  ㈜한겨레엔 www.hanibook.co.kr
등록  2006년 1월 4일 제313-2006-00003호
주소  서울시 마포구 창전로 70(신수동) 화수목빌딩 5층
전화  02-6383-1602~3
팩스  02-6383-1610
대표메일  book@hanien.co.kr
ISBN 979-11-7213-400-6  03810


※ 책값은 뒤표지에 있습니다.
※ 파본은 구입하신 서점에서 바꾸어 드립니다.
※ 이 책의 일부 또는 전부를 재사용하려면 반드시 저작권자와 (주)한겨레엔 양측의 동의를
얻어야 합니다.